爱情
离我三厘米

鲁奇◎著

山西出版传媒集团
北岳文艺出版社

"80后"天空的一束明媚阳光

知道鲁奇，是很早很早以前。

那时候我在很多杂志发表文章，比如说《少年文艺》啦，《男生女生》啦，前面后面总会有一个叫"鲁奇"的家伙。我很坚定地写着女生，而他很坚定地写着男生，我常常有一些忧伤，而他常常留一点幽默。总之，这是一个跟我完全不一样的人。

后来，我们互相加了QQ，我一天到晚在上面挂着，是隐身；而他也一天到晚在上面挂着，是绝不隐身。我们有了一些对话，于是就有了更多的认识。慢慢的，我开始在他的"设计"下去读他的作品；慢慢的，我开始喜欢上他的作品；慢慢的，我开始有一点点上瘾，有时候有点累了，就到他的网站去读完他的一篇新小说，其间，乐得不可开交。不过这些，我都没有告诉他，我怕他会得意，呵呵。

在我的感觉里，他应该是个子不高，带点狡猾的微笑的聪明小男生，所以，当我真正地认识他，知道他是东北人，并且知道他已经工作了，我是狠狠地吓了一跳的。

再后来，知道他竟然也是所谓的"80后"作家，不禁又被狠狠地吓了一跳。

读过太多"80后"的作品，感觉鲁奇真的和多数的他们有很大的不同。他从不拿捏出一种悲天悯人的腔调去诉说成长的痛苦或是哀伤，也不用那些华丽或是难懂的词句来展示自己的才华，他只是保持着轻松的姿态，脱离那些自恋的情绪，去讲一个又一个鲜活的故事。从这个角度讲，我是不愿意将鲁奇称为"80后"作家的；如果硬要说他是"80后"作家，那他也是"80后"这个阴沉抑郁天空里的一束明媚阳光。

与众多的"80后"作家不同，鲁奇是一个题材十分广泛的作家，幻想啊惊悚啊什么的，他都写，而且写得相当不错，至今已连续三年获得读者评选的《少年文艺》"好作品"一等奖，海天出版社给他出版的一套三本的惊悚小说，销量相当不错。但他写得最好的，却是校园小说。平心而论，在国内的男作家中，像鲁奇这样能轻松驾驭校园题材的人并不多见。

鲁奇写校园很鲜活，宁不悔，苏美达……一连串听上去有些别扭却也有趣的名字，《卖书小贩遭遇书仙MM》、《我和我的小偷女友》、《我和校长的女儿是同桌》等等一系列无厘头的篇名，很容易吸引读者去一探究竟。除了这些与众不同的"包装"之外，我们不得不承认，鲁奇的故事本身也是极具吸引力的。他的故事里总有一根弦从一开始就吸引你不得不看下去，比如一个男生神秘失踪，后来竟听说是被困在了女厕所（《谁弄丢了苏美达》）；或者一个看似平淡而无聊的故事，一直讲到最后，突然出现一个让你意想不到的结局，让你内心豁然开朗，对作者不由得心生佩服。这一点，在鲁奇的很多校园小说里都得到了充分的体现，也可以说，这是鲁奇小说创作的一个最重要的特点。对成长中的青少年来讲，在这一个个生动的故事后面，无疑是一个温暖的启示，一张微笑的脸，一只指路的手。

有时候开玩笑，鲁奇会在网上叫我师傅，但我们都知道，这只是一个玩笑而已。鲁奇是一个很有主张并且坚持的男孩，无论是在写作上，还是在别的一些方面，他很坚持他自己的想法，不愿意去迁就或者说是迎合别人，对自己负责，对自己的文字也相当负责。从这一点来说，我倒有不少应该向他学习的地方。

没有见过鲁奇，挺搞笑的一次是，有一天他在 QQ 上问我何时能够到哈尔滨一见，而那一天，我刚刚从哈尔滨坐飞机回来。不过我想，见与不见都不是非常重要的，我们在彼此的文字里认识彼此，坚守着我们同样的理想，朝向同一个方向，就足够了。

最后要说的是鲁奇的勤奋。我也是一个写作者，深知写作的艰难和辛苦。和我不一样的是，鲁奇还要工作，但他一直很认真地在从事这一项他喜欢的事业。比如这一次的"校园幽默"系列，一出就是四本，很有点让别的作家羡慕和感叹的味道在里面。我相信他的努力会得到更好的回报，也希望他的书为校园文学原创的天空增添更多的亮色。

他会越做越好，这是一定的。

2012. 6. 9

目录 | Contents

1

目录 | Contents

目录 | Contents

目录 | Contents

Chapter *1*

我和校长的女儿是同桌

1.她宽容了我的鲁莽

说老实话，中考过后，我大喊大叫不吃饭不喝水，硬逼着老爸花几万块钱把我塞进这所学校，并不是因为它是重点，也不是因为校长和我老爸是同学，只是为了那块令我魂牵梦绕的足球场。

开学第一天，我就做了两件惊天动地的事儿，令我在学校名声大振。

那天中午，我穿着一件新买的队服在足球场上横冲直撞、势不可挡。当我凌空一脚将球远远射出后，却听到了远处一位女生的惨叫，我跑过去一看，不禁目瞪口呆：我的球正好砸在那个女生的饭盒上，饭菜洒了一地，而这位女生恰恰就是老师上午安排给我的同桌李薇拉。令我感到不解的是，她和三个女生并排走在一起，为什么我的球偏偏会砸到她的饭盒上呢？

她是一个高个子长发的漂亮女生，圆圆的脸，此时，她正恶狠狠地盯着我，张大嘴巴，足有一口将我吞下去的势头。我看到菜汤正从她长长的十根手指缝中往下淌，粉红色的上衣已布满油污。见此情景，我充分发挥能言善辩和拍马屁的长处，又赔礼又道歉又张罗着要为她去买饭，还假惺惺地抢过她的饭盒欲往食堂。

果然，我的三寸不烂之舌使她消了一大半气。最后，她抢过我手中的饭盒，咬牙切齿地瞪了我一眼，强忍着怒火拉长声调喊了一声我的名字："宁——不——悔!"然后悻悻地离去。

她身旁那三个女生冲我很不屑地"呸"了一声，也转身离去，好像我是臭虫似的。

这是其一。

其二，我也弄不明白自己是怎么搞的，短短的一个中午，我竟把对面楼上的玻璃踢出了八个黑洞，可以写进吉尼斯世界纪录了。和我一起在球场上的单小刀、叶苏、于果果笑得像狗熊一样捂着肚子满地打滚，当政教处主任在球场边歇斯底里地喊我的名字时，他们依旧像狗熊一样坐在草坪上狂笑。我也学着那三个女生的样子向他们三个"呸"了一声，然后，昂首挺胸大义凛然地走向政教处。唉!可怜我这壮士一去兮不复还，就这三个臭虫还能振什么足球雄风?

走进政教处办公室，一种肃穆立刻包围了我。墙上贴的那些密密麻麻的学生守则，让我马上联想起电影里常出现的八个大字——坦白从宽，抗拒从严。

办公室里有两个人，除了政教处主任外，还有一个低头吃东西的女孩。当时，她正坐在电脑旁边玩，她的脸被电脑显示器挡着，我只能听到她纤细的手指敲击键盘发出的悦耳声音。当她听到我的脚步声，不禁扭过头向我这边张望时，我看清了那张再熟悉不过的脸，我差点儿晕过去——原来是被我打翻了饭盒的新同桌李薇拉!真是冤家路窄，我说一进来怎么就感觉到不对劲儿呢!她见我这副备受打击的熊样，好像猜出我是闯祸了，只见她眼珠一转，嘴角随即掠过一丝幸灾乐祸的笑容。

政教处主任把我从头到脚一番数落，说我不爱护学校，没个学生样子，没教养……好像教训完我，那些被我踢碎玻璃的黑洞就会自动补上，而我也将一劳永逸地被送进少管所，不再在这个学校惹是生非。我低着头，规规矩矩地站在办公室的墙边，显得很"三好"的样子。偶尔我也会抬起头，但不会停留超过三秒钟，我的头又要低下，因为我抬头时就会看到政教处主任河蚌一样的大嘴和血红的舌头，还有他那满天飞的唾沫星子。这些都令我难以忍受，我真奇怪他的嘴怎么会和浴室里的莲蓬头那么像呢？

我站得脚有点儿麻了，耳朵听得也木了，还有，最令我难以忍受的就是我想上厕所。我的姿势也不再那么"三好"，手也乱动起来，脚也迈开了，倒显得有点吊儿郎当。

政教处主任很生气："你老实点儿，不要不把老师放在眼里！"

"老师，我认错还不行吗？我憋不住了，我要上厕所。"

"看看，到了这里还敢撒谎！还要上厕所？别找借口了！你这样的我见多了，站直了！"

"我真的不行了，我要上厕所！"我开始夹紧双腿，手捂肚子，扭来扭去。

"你是想上厕所，还是想溜呀？别耍小聪明，你踢碎人家玻璃的时候怎么没想到要去上厕所呀？"

"我确实没有撒谎，上完厕所我回来还不行吗？要不你陪我去？"

"没门儿！"他依然自顾自地向我喷射唾沫星子，这么难缠的老师真是罕见，太折磨人了，估计他小时候遭受过同样的经历。

这时，我的同桌轻轻地站起身，走了过来，拉着政教处主任到窗边一顿小声嘀咕。

我的妈呀！这下我算彻底完蛋了，看来她是想报复我呀！我的心一下子沉进了谷底。

他们嘀咕几句后，政教处主任向我走了过来，他的表情不再那么凶了，嘴也闭上了，但看我的眼神依然很严肃。他站到我面前大概有三十厘米的位置，说："明天把玻璃的钱带来就可以了，你走吧！"

我愣了半天，不知道他前后的反差为什么会这么大，我以为政教处主任会处分我，便主动对主任承认错误，大表决心，我决不能让李薇拉那个小丫头片子毁掉我老爸的血汗钱。

主任有些不耐烦地对我挥挥手说："走吧，走吧，快走吧！"

看样子要把我轰出门外，我只得意犹未尽地溜了出来，李薇拉紧跟在我身后，也出来了。我听到政教处的门"啪"的一声关上了，我还想敲门，突然看到站在我背后的李薇拉，她的脸上露出诡秘的笑，我伸出去的手又缩了回来。

她站在我身旁，离我很近，大概三厘米，我看到她企图阻止我的手停在半空中十五秒后，也轻轻地缩了回去。她的手指纤细白皙，似乎是透明的，有着被舒肤佳柠檬香皂洗了三天三夜后又在蒸汽中放置半个小时后的效果。

我感觉她是一个奇异的透明女孩，至少，能够拥有那样一双令人叹为观止、空前绝后的手的女孩，我平生还是第一次见到。

我对她很好奇，我搞不明白，她到底和政教处主任说了什么呢？她是我的朋友还是敌人呢？

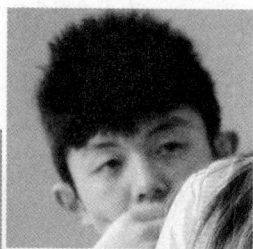

2.我甘愿做个笨笨的"烤地瓜"

过了几天，我交了钱，政教处主任果真没再找我麻烦。

我也明白过来那天她并没有恶意，是她救了我。我这人虽说成绩不尽如人意，但老兄我可一向是以义气当先行走校园的，因此，我决定报答她。

班里这时正要进行班长选举，她的竞争对手是那个成绩较好品质却不怎么样的四眼猫，我特讨厌他。选举那天，我竭尽全力为她摇旗呐喊，联合单小刀、叶苏、于果果等一批有识之士推举她，并到班主任那里去说好话。我还勇敢地走上讲台，亲自讲述一个女生是怎样不厌其烦地拯救一个"后进生"的（这个后进生就是我），胡编了许多关于李薇拉的好人好事，说得李薇拉的脸一会儿红一会儿白的。

同学们被我的讲述深深感动了，许多女生都吃惊地问李薇拉：

"你对那小子付出了那么多，你是不是爱上他了？"

"真没想到平时严肃认真的李薇拉也会早恋哦！"

这群女生七嘴八舌的像一群鸭子，李薇拉对她们不理不睬，只是不住地摇头。

我的鼓动还真起了作用，男女生们对李薇拉的敬畏之心油然而

7

生,好像她的支持率比布什还高。当班主任老师在黑板上的"李薇拉"名字后面写上第 N 个"正"字时,结果出来了,李薇拉以绝对多数票当选为我们班的班长。当时,我很兴奋,站到了桌子上,手拿桌布像"文化大革命"的红卫兵一样高呼:"班头万岁!班头万岁!"

李薇拉在下面拉我的裤角,用女鬼一般的白眼球瞪我,小声对我说这样不好,叫我下来。

当时,和我一起站在桌子上的还有一个家伙,他也是李薇拉的拥护者,与我不同的是,他手里还拿着一只烤熟的大地瓜。

我正在兴头上,李薇拉怎么叫我,我都不下来,我甚至还抢过那家伙手中的地瓜大啃特啃起来。不知道李薇拉是太着急说错嘴,还是她太喜欢吃地瓜,叫着叫着我的名字,竟然变得语无伦次,对着我大叫:"烤地瓜下来,烤地瓜下来……"

直至全班同学一片哄笑时,我才听明白,原来她把我喊成了"烤地瓜",气得我对她大叫:"别喊了,我不是烤地瓜!!"

可这时已经晚了,全班同学已经围住我,指着我笑嘻嘻地大喊"烤地瓜"。从此,这种比土豆大、比土豆好吃的农作物成了我的绰号。

后来我才知道,李薇拉根本没有神经错乱,她是在叫我身边的那个男生。当时,我不知道他的名字,后来才知道他名叫郜迪广,名字念快了就成了"烤地瓜"。这个本该属于他的"绰号",竟然阴差阳错地落到了我的头上,真是令我伤心欲绝。

四眼猫一帮跟打了败仗的逃兵一样垂头丧气地走出了教室,我能感觉到他们的后背都在喷射着怒火。那个四眼猫走到门口时轻蔑地扔给我一个仇恨的眼神,冰冷得令我汗毛倒竖。

李薇拉觉得有些不对劲儿,便推推我说:"烤地瓜,你看他们的样子，好像有点儿不对头，会不会报复你啊?"

我毫不在意地说："没事儿！胜者王侯败者寇嘛！我相信他们不会把我怎么样的！"

"我看有点儿不对头，你要小心哦！"她用手拉我的衣袖，很怜爱地望着我。

"你这是在关心我吗?"我问她。

"算是吧,谁让你是我的同桌呢?"她笑起来,露出一排雪白的牙齿。

事后，我告诉她，滴水之恩当涌泉相报，现在我和她两清了，各不相欠。

3.受伤的"地瓜"会唱歌

几个星期的学习后，我才逐渐了解到我的这位同桌学习是怎样的优秀，不仅如此，她还将班级管理得井井有条，令班主任大加赞赏，这不能不让我有些佩服她。虽然我嘴上不说，但坐在这样一个优秀的女孩身边，我感到既骄傲又幸福。

不过，骄傲归骄傲，幸福归幸福，归根到底那是她的事。我呢，依然是以我的足球为生命，下课后就直奔球场，踢它个天昏地暗、大汗淋漓，再和单小刀、叶苏、于果果一起坐在草坪上像狗一样狂笑，将什么考试、上课、作业等等一些让人心烦的玩意儿坐到屁股底下，忘得无影无踪。甚有时候，我的大脑中只剩下这个让我爱得死去活来的足球场。我有时对单小刀他们说："干脆！咱们死了就葬在这里算了。"他们听完我的话说我不是烤地瓜而是一个大傻瓜，紧接着便是一阵令我捉摸不透而又有些恐怖的狂笑。也总是在这时，李薇拉会神出鬼没地站在球场边，像政教处主任一样歇斯底里地喊我："烤地瓜——上课了！"一听到她的话，我马上站起身来回到现实世界，乖乖地跟她一起回到教室上课，不知为什么，我有点儿怕她。

本以为我的生活可以这样无忧无虑地随意下去，却偏偏又发生了另一件事。

一天放学后，我踢完球带着一身臭汗回教室，刚走到班级门口，我就清晰地听到教室里传出四眼猫的声音：

"她不就是有个校长老爸吗？当上班长有什么了不起的？还有那个白痴烤地瓜，前呼后拥的，那傻小子也准是看她是校长的女儿，才他妈的跟着瞎起哄……"

我大吃一惊，原来她是校长的女儿，怪不得当初能把我从政教处主任那个"虎口"中拔出来呢，可她却从没说起过。四眼猫他们又接着说："你看烤地瓜那个样儿，唉唉唉……纯粹是个狗腿子。"

什么，说我是狗腿子？是可忍，孰不可忍？气得浑身毛孔都张开的我一脚把门踢开，指着四眼猫大叫："你们说谁是狗腿子？"

"你——你——就是你！"四眼猫理直气壮地指着我。

我抓起足球狠狠地扔了过去，正好打在四眼猫的眼镜上。随后，只听一声脆响，再一看，四眼猫的眼镜已摔成了八瓣。他没了眼镜几乎就与盲人没有什么区别，双手胡乱地在空中挥舞着，嘴里嚷着："把这个狗腿子给我扁了！"

于是，我便和四眼猫他们几个打了起来。头脑发热的我竟忘了当时的我是孤身一人，好虎架不住群狼，这下我可有苦头吃了，他们四个打我一个，一时间我这个"烤地瓜"成了"烂地瓜"。他们把我从走廊打到楼梯，也不知道是被打晕了头脑不清醒了，还是因踢了一中午的球体力不支，脚竟然不听使唤，我从楼梯上滚了下来，左脚跟随着便是一阵令我一辈子都忘不了的疼痛……

我在医院躺了一个星期，左脚打上了石膏，又像木乃伊一样缠上了一层层白布。

这期间，李薇拉来看过我两次，给我买了好多我喜欢吃的水果，陪我唱歌。我最喜欢唱的就是那首陈小春的《没那种命》，我还改了歌词："踢球这东西没道理的／有人腿很长有人腿受伤／腿是会好的我

害怕什么 / 大不了不踢了 / 球像个美眉她太美了 / 我这种惨样我踢不了球……我没那种命啊球没道理爱上我 / 好腿和好球哪是一国的。"

她最喜欢侃侃的那首歌《嘀嗒》，没事就哼来哼去。

我问她为什么喜欢这首歌，她说暑假时，她和父母去云南旅行，在丽江的大街小巷，放的都是这首歌。

嘀嗒嘀嗒嘀嗒嘀嗒 / 寂寞的夜和谁说话 / 嘀嗒嘀嗒嘀嗒嘀嗒 / 伤心的泪儿谁来擦 / 嘀嗒嘀嗒嘀嗒嘀嗒 / 整理好心情再出发 / 嘀嗒嘀嗒嘀嗒嘀嗒 / 还会有人把你牵挂……

我常常自作多情地想，她牵挂的人会是我吗？

她还经常发手机短信和我聊天，使孤零零躺在病床上的我体会到了来自同桌的关怀，那感觉别提多温暖了。

我甚至还幻想过如果她爱上我，向我表白，我该如何回答。

没想到，我的这个幻想却奇迹般地实现了。当我要离开医院时，李薇拉竟然奇迹般地从我的床下爬了出来，我惊讶至极，她张开双臂来拥抱我，结果，我却感觉有个硬硬的东西顶着我的肚子，低头一看，那竟然是一把尺。

尺的刻度是三厘米。

李薇拉看着那把尺，愣了一会儿，之后，就走了出去。

那把尺依然悬在空中，顶得我的肚子疼得厉害。

我睁开眼睛，发现刚才是做梦。

肚子上放着爸爸留给我和他联系的手机，手机天线正对着我的肚子。

这时，手机响了，来了一条短信，是李薇拉发过来的。

上面只有几个字：早日康复，想见地瓜！

回到学校那天，我是拄着一根像船桨一样的拐杖一瘸一拐走进校门的，随后，我又一瘸一拐穿过那个让我爱得死去活来的足球场。想想我曾经横冲直撞、势不可挡的情景，再看看如今这副走路还要请人家木头大哥帮助的模样，真是感慨良多啊！

单小刀、叶苏、于果果看见我都跑了过来，我瞅瞅他们不由得惭愧地低下了头，我知道自己是多么狼狈，多么可笑。但是，他们谁也没有笑，只是静静地陪我走进教学楼。大厅里贴着一红一白两张大榜，红榜是考试成绩，李薇拉位居学年榜首；白榜写的却是关于我的事了，上面说打架虽说是我先出的手，但是我受伤最重，所以，整件事是四眼猫等人殴打同学，他们要接受处分，并负责我的医药费。

那点医药费算不了什么，关键是我要暂时离开足球场，这比杀了我还难受，这种精神损失费是无法计算的。

这时，李薇拉从楼上跑了下来，问我怎么样了。我看着她不好意思地摇摇头说："老样子，没事儿。"

"真的没事儿？"

"真的。"我说。

"你就嘴硬吧！走两步瞧瞧！"她向我挑衅。

"我都这样了，你还取笑我？"

"好了好了！"她跳跃着从楼梯上下来，站到我身边，扶住我的胳膊，温柔地说，"以后，我就像照顾病人一样照顾你，来，我扶你上楼！"

"不用，我们早就两清了，互不相欠了！"

"可是，这次你是为了我才打架负伤的，这回是我欠你的！"

"不算，这次是我自找的！"

"我是班长，还是你的同桌，我说的话你必须得听，而且老师还说了，你行动不便，我有照顾你的义务。"李薇拉说着就要扶我上楼，看着走过身边的同学那异样的眼神，我真的不敢相信自己竟然会有勇气走进这所学校！

也许是因为李薇拉，对，就是她。

4.重要的是味道而不是皮

　　我不能踢球了，也不能又蹦又跳了，上课下课都像个受虐待的儿童一样乖乖地看着书，写着作业。我还时刻告诉自己：我身边坐着的是校长的女儿。

　　她每天给我去食堂买饭，把我学习上落下的那些玩意儿捡起来，从我的耳朵灌到我的大脑里去。我曾经好动得像个猴子，如今却成了瘸子的"烤地瓜"，那模样甭提有多狼狈了，班里的女生总是忍不住会被我现在的样子逗得笑出声来。她却从不笑我，也不计较我以前对她的不友好做法，而是像帮助残疾人一样帮助我，让我感动得不知说什么才好。我一想到自己这副要一个女生来照顾的样子，恨不得马上跳进大江里淹死算了，这多丢人啊！

　　初冬的一个早晨，我正在与一群函数进行殊死搏斗的时候，她手里捧着一块用纸包着的冒热气的东西，从门外哆哆嗦嗦地走了进来，来到我旁边坐下后递给我，说："新买的，热的，快吃吧！"

　　我打开包装纸一看，不禁心头火起，原来是一个黑了吧唧的烤地瓜，外皮上好像还有零星的泥，脏兮兮的。她明知道我的绰号是"烤地瓜"，今天还要买烤地瓜给我吃，这不明摆着是来取笑我，往我这颗伤痕累累的心上扎刀子嘛！我把地瓜推到一边说："你留着自己享

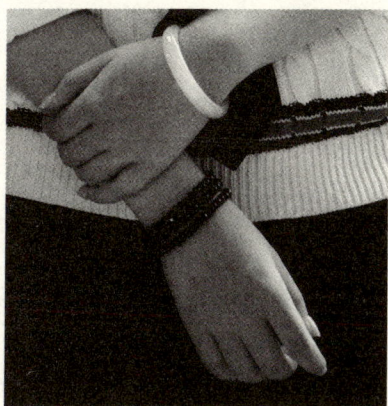

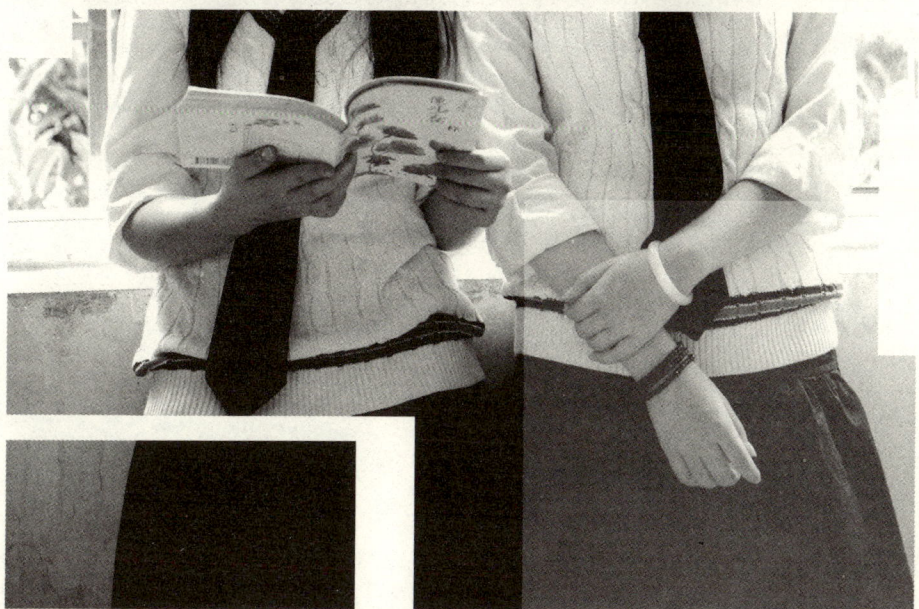

用吧,我可是从来不伤同类的,再说……"我撇撇嘴,做了一个呕吐状。

她似乎看出我的不快,便说:"我并没有恶意,只是想告诉你,其实烤地瓜是很好吃的。"她边说边把地瓜递给我,又用手把地瓜皮剥开,里面黄色的地瓜肉冒出的诱人香气直往我的鼻孔里钻,搞得我不禁心旌摇荡。可是,我肚子里的馋虫刚蠢蠢欲动便被我那虚伪的自尊赶了回去,我依旧不为所动,坚决不吃。

她看我不吃,不闻不问,就开始津津有味地品尝着手中的地瓜,还漫不经心地说:"虽然说它的外表有点儿脏,有点儿丑,却有许多许多人喜欢它,就是因为它很好吃啊!如果仅仅因为它的外表不好看而忽略它甚至丢弃了它,那不是一件很可惜的事吗?你说是不是?"她掰了一块放进嘴里,很香甜地嚼着,然后脸上漾出那种令人猜不透的诡秘的笑,目光里有一种善意的期待。

人们是因为地瓜的味道好才去吃,而不会介意它的皮是什么样子——我恍然大悟,明白了她的良苦用心。我接过一块地瓜塞进嘴里,确实很好吃。

她说得对,重要的是味道,而不是皮,不去试着做,怎么能说不行呢?

也许我真的该好好检讨一下自己了……

5.我和她的故事才刚刚开始

过了一段时间，我的脚好了，我依然每天穿过那片我曾经爱得死去活来的足球场，我也逐渐懂得了我进这所重点学校不光是为了这片足球场，还有更重要的事——学习。

转眼间，文理分班了，令人庆幸的是我和她都选择了文科班。而此时我的学习成绩也正如初夏的气温一样稳步上升。分班的第一天，我在校门口遇到了她和校长，她要向校长介绍我，校长说："不用了，我早就知道了你这个小有名气的人物，你怎么就一点儿也不像你爸呢？"

她接过来说："当初要不是看在宁叔叔面子上，我才懒得和你同桌呢！"

我嘿嘿地笑了："我会努力做一个不让你丢面子的同桌的！"

校长勉励了我几句就走了。我跟李薇拉一起向教室走去。李薇拉接着上面的话说："要做一个不让我丢面子的同桌，那可不容易，新班主任会怎么安排座位，我们都还不知道呢！"

"我相信班主任会安排我们同桌的，因为我们有同桌相！你没有发现我们两个长得很像吗？"

"同桌相？没听说过！别和我瞎扯，还有你也不看看自己那烤地瓜的长相，怎能和我相比！"

"你不是说过重要的是味道，而不是皮吗？"

"我有说过吗？我对同桌要求很严格的哦！不准打架、不准翘课、不准给女生写纸条、不准……"

"我都可以接受，只要你还能像以前那样对我关怀备至。"我说。

"那要看你平时的表现了，好好学习，那样不光我会对你好，所有的人都会对你好的。"

"真的？"

"那当然，校长的女儿说话是从不食言的。"

"好的，一言为定。但是……"

"你这人怎么这么啰唆？还有什么但是呀！"

"但是，如果我喜欢上你怎么办？可以给你写情书吗？"

"怎么可能？！对了，刚才的要求我还要加上一条，不准喜欢我，写情书还是可以考虑的，但达不到一定水平，我是不会看的。"李薇拉的脸莫名其妙地红了起来。

我心里一直弄不懂当初她在政教处主任面前说了什么，便问她，她的回答很随便："我没说什么呀！我只是说这小子有多动症，神经还不正常，没了。"

"啊？你竟说我这个！"我气得差点没背过气去。

这时，上课的铃声响了。我和她，和这个校长的女儿一同走进了教室。

哈！新任班主任又把我和她安排成了同桌，到底是天意还是我们真的有同桌相？

校长的女儿，看来不看在"宁叔叔"的面子上，你也逃脱不了我的"魔掌"啦！

Chapter 2

摘下面具的你的脸

1.当美女变成丑女以后

我有一个奇怪的毛病，就是怕老鼠而不怕蛇。说出来都丢死人，但这是事实，因为我小时候曾被老鼠咬过脚丫，至今不但怕老鼠，还发展到怕松鼠和一切长毛的东西。李薇拉就常因为这件事而取笑我。

最近她总是和我作对，并且不顾我的强烈反对，剪掉了长发，把自己弄得像"秃头鸭"一样，导致她在我心中的形象大打折扣。特别是她又新配了眼镜，厚厚的眼镜片看了都让人恶心。可她却把自己的网名改成了"长发飘飘"，让人听了就想吐！

我对她的做法十分不满，特别是我这个人最不能容忍同桌的女生变丑，因为这会有损我的外交形象，会令其他暗恋我的女生误以为我没有品位而心灰意冷。因此，最近我对她一直怀恨在心，想伺机报复她。

前天，我因无法忍受她总在我旁边口吐白沫地背古文，就偷偷地将一条比铅笔略长一点儿的小蛇放到了她书桌里。她当时就被吓哭了，那哭声冲出教室，冲出走廊，直奔老师办公室。班主任知道后大发雷霆，她知道是我干的，不过却没有点名，令人不可思议。我想也许是因为她知道我和李薇拉总是打来打去的，没有一点新意可言，懒得理我了。

这天，我刚走到四楼的楼梯口，便看到一个人影从另一边楼梯匆匆下楼去了，脸上还戴着个面具。听说过些天班里要开联欢会，老师出了个新主意，要大家都准备一个面具，到联欢会的时候戴，这个人怎么这么早就戴上了？

我没有进班级，先到六楼去打乒乓球，因为我的死党单小刀正在那里等我。再回到教室时已经快上课了，我满头大汗地在座位上坐下。旁边的李薇拉还在啃书，头也不抬。我说："喂！把作业本借用一下。"话刚说完，李薇拉就将作业本递到了我的面前，动作极其快速，就像施瓦辛格掏枪一样，样子酷毙了。

我接过作业本，心想她尝到了我的厉害，才学得这么乖的，不错！

我扬扬自得地把书桌盖子（我们的书桌是从上面打开的）弄开，把手伸进去一摸，突然，我发现好像有什么带毛的东西在动，一只松鼠正在我的书桌里疯狂地跳着摇头舞！我不禁"啊"的一声大叫，那喊声冲出教室，冲出走廊，直奔班主任的办公室。

我后退了不知多少步，在半途中不知被谁的可恶的脚绊了一下，结果一屁股摔在了地上。全班哄堂大笑。一个大男生竟被一只松鼠吓成这个样子，太说不过去了。

我站起身，故作镇静地慢慢向自己的书桌走去，没等我靠近，小松鼠一跃而出，我又条件反射地后退好几步。这时，班里乱七八糟的，男生女生都行动起来了，去捉这只逃走的小松鼠。小松鼠在桌椅中自由穿梭，好像又回到了它热爱的大森林一样，完全不把我们这些笨手笨脚的人类放在眼里。男生女生争先恐后大喊大叫地狂追不休，只有我像静止了一样一动不动，看到小松鼠来了还吓得跳到了桌子上。我真是个胆小鬼。

校长不知什么时候已立在门口，用手狠拍了两下教室的门："干什么哪！这成什么样子？"班主任也来了，全班都静了下来。此时，小松鼠正在单小刀的手上探头探脑的，无辜地望着我们，显得我们一点儿责任感都没有。

事情的起因很简单，我一下子就被揪了出来。我向校长和班主任老师血泪控诉了事情的经过，班主任也知道我怕小松鼠，就问是谁干的，可是没有一个人站出来。

李薇拉依然在我旁边白痴一样地背着古文，样子很酷。我猜准是她干的，可是又没有真凭实据。于是，我就告诉老师，早晨我在楼梯口看到一个可疑的戴面具的人，有可能就是他，而那个人又肯定是我们班的，因为只有我们班同学才有面具。

老师想了半天，最后说："明天你们都把自己的面具戴来，让宁不悔同学来认。这几天宁不悔同学和李薇拉同学的恶作剧事件，学校非常重视，决定严肃处理。"

呵呵，说学校重视，那是瞎扯。其实就是校长大人看到她的宝贝女儿受了点儿委屈有点儿坐不住而已，他老人家也知道是我干的，但只是不说而已。

老师走了，大家也都像大虾一样七扭八歪地坐下了。此时，我已经吓得满头大汗。即使是明天把面具戴来，也不会有结果的，真是便宜了李薇拉，没有让我抓到把柄！但此时我的心里早已有了一个报复她的好主意。

2.面具阴谋与蒙面人

　　同学们把面具都带来了，老师在一旁看着我一个一个地查，可就是没有我昨天看到的那个。我故作大度地说这事就算了，我不想再追查了。老师愣住了。我告诉老师我想出了一个绝好的主意，既然同学们这么喜欢动物，那我们不妨用动物形象做联欢会的面具；老师听了点点头，让我继续说下去。我说我为同学们编动物的名字，再把这些名字都写在纸条上，放在一个大盒子里让大家抽，这样既没有攻击色彩也会公平，然后，大家按抽到的纸条里的动物的名字去选材料做面具。

　　老师觉得这个主意不错，就答应了我。我心里暗喜，这回李薇拉可要倒霉了。

　　我开始琢磨这些名字。其实写动物的名字并不难，但要写出五十个来就不易了，特别是每个都要带点儿贬义。我像做贼似的把纸条压在书下面，写好一个就塞到桌子里，李薇拉数次偷看，都被我及时发现并制止了。

　　我按照全班的人数，编了五十个动物的名字，除了我给自己安排了金甲虫外，其他的那四十九个都不是什么好东西，都是些什么无嘴猪、独眼牛、瘦狼、秃耳狗、独角牛之类。我心里想象着大家抓到了这些纸条时的惨相，边写边笑。写完后，我把纸条都叠好，放回书桌里，并把自己的写有金甲虫的纸条叠成了特殊的形状，然后，像没事人似的唱着歌儿离开了教室。

第二天，当我打开自己的书桌去拿那些纸条时，我气得差点儿晕了过去——我昨天写好的那些纸条，居然都被人叠成了和我昨天为自己叠的那张纸条相同的样子。这回我可再也找不到我的那个金甲虫了。老师叫我把纸条拿上来，我无奈地慢吞吞地将纸条拿了上去，让大家抽取纸条。一个个全都抽过了，我站在一边始终不敢抽，最后只剩下了一个纸条，我闭上眼睛，屏住呼吸把纸条抓了起来，翻开一看，居然是秃耳狗。

大家都按着自己抽到的动物名字去做面具，单小刀问我抽的是什么，我捂住不给他看。一想到联欢会那天我堂堂宁不悔竟然要戴着秃耳狗的面具，就有点儿无地自容的感觉，那岂不是要笑死人了吗？是谁在我的纸条上做了手脚呢？

不会是别人，一定是那个李薇拉，她和我是同桌，最有机会下手了。

她是因为上次的事想报复我，这是一定的！看我怎么收拾她！

还没等我去收拾她，就传来消息说，昨天傍晚李薇拉在教室门口吓晕过去了，听说是被什么蒙面人吓坏的。当时，李薇拉准备离开学校，蒙面人突然从她身边一闪而过，那家伙戴着一个惨白的僵尸面具，吓得李薇拉当时就哇哇乱叫，连眼镜都掉在地上摔坏了。当时蒙面人竟然回过头来看了她一眼，旋即消失不见（我猜测蒙面人是看到李薇拉变丑的形象后，放弃了劫财劫色的念头而去的）。李薇拉低头找眼镜的时候，学校里的老师和同学纷纷赶来，不过那个蒙面人早已无影无踪了。万幸的是，李薇拉没有受到什么伤害。

我想这是恶有恶报吧！没想到世上还有这么见义勇为的人来为我出气。李薇拉变丑真是令人百思不得其解，好好的一个女孩，为什么拿自己的形象开玩笑呢？总之，我认为女孩改变形象，就意味着生活将要改变，就像毕业了，校园情侣都要分手一样。

现在，我关心的不是李薇拉，而是蒙面人，因为这事件已迅速地在学校传开了。起初传说蒙面人是身高八尺，后来又说蒙面人眼睛会放光、舌头长得像窗帘，能飞，有隐身术，最后被传说成了蝙蝠侠。

一时间众说纷纭，传到老师那里则成了三头六臂的恶魔。其实都是造谣。

没过几天，学校里就有人声称被盗了，而且不是一般的东西，是住宿生一个月的生活费。

事情引起了全校的注意，所有人都处于高度戒备的状态，我却幸灾乐祸地唱着歌，做着自己的面具，憧憬着李薇拉戴上面具的尴尬模样。

3.怪异事件把我们联在一起

这天，我正在二楼楼梯的大镜子前认真地挤脸上的一个粉刺，忽然，我在镜子里看到楼梯上竟然有个人鬼鬼祟祟的，急忙转身向楼梯跑去。和那天一样，我看到了一个戴着面具的人。等追到左边的楼梯口时我停住了，因为我看到在楼梯的下面站着一个人，正面对着镜子做着什么。我浑身直起鸡皮疙瘩，因为我想起了《午夜凶铃》中那个照镜子的女人。看就看，怕什么，我慢慢地探出头，终于看清那个人原来是李薇拉。

我这回胆子大了："终于抓到你了，你还有什么好说的？快把刚才的面具交出来！"

李薇拉瞪大眼睛看着我："臭地瓜！你干什么？"

我说："那你跟我走，看看你到底又在我的书桌里做什么文章了。"

于是，我们一起回到教室。

教室的门开着，我们两个走进去一看，教室里一片狼藉，地上全都是水，还有几条跳动的泥鳅。我打开书桌盖子，里面其他东西都和原来一样，只有饭盒挪了位置，竟然放在了中央。我打开饭盒一看，啪！一阵水珠直喷到我的脸上。我的天呀！饭盒里不知被谁放了至少有二十条泥鳅，真是恶心死了。

我拉她来到老师办公室，我一口咬定是李薇拉干的，她死活不承认，老师叫我回去，说这件事会查清楚的。我拗不过老师，只好回去。

教室的钥匙一般只是李薇拉才有的，不是她，又会是谁呢？

没过三天，又有班级传出来说是被盗了，而且都是钱，是住宿生用来吃饭的钱。

这天早晨，教室的门打开以后，同学们一拥而入，但大家都被黑板上的字吓呆了。黑板上用红色的粉笔写着一行大字："照顾好自己的东西，今天晚上有小偷。"字歪歪扭扭，而且还带点恐怖。

所有人都呆了，老师也呆了，教室的门锁得好好的，爬窗子根本就不可能，因为这是四楼。

我们把这件事告诉了学校，学校保卫处紧张兮兮地发出了全校通知，告诉学生照顾好自己的东西。小偷能在学校里胡作非为，保卫处自然颜面扫尽。

当天，学校里大造声势，又是巡查又是集体谈话什么的，连晚上也不消停，这种情况下如果还会有小偷出现的话，那一定是傻瓜。第二天，校保卫处一干人等眼睛都像兔子似的，可还是一无所获。

事情弄得人心惶惶，关于面具和化装舞会的事也没有人提起。但是，似乎每个人都在认真做着面具，不声不响地等待着联欢会的到来。只是大家都不愿说出罢了。

这天黄昏，我在学校的操场碰到了李薇拉。她在很远处就看见我了，两只躲在眼镜后面的眼睛虽然眯着，但却像狼似的放着光——我真的无法找出更能贴切地形容她的词语了。她太丑了，特别是戴上眼镜以后，我现在才发现，眼镜真的能使一个美女变成丑女！

她追上我："你就那么肯定我就是蒙面人吗？"

我转过头说："谁做的谁心里知道，问问你自己好了，谁也不会做完坏事后把坏事写在脸上的。"

"我那天真的是被一个蒙面人吓晕的！难道你连这也不相信吗？"她拦住我。

我说："我不清楚！"

她说："我想和你谈谈！"

她直直地看着我，我愣住了，从来没有女孩这样对我说过话，尽管她此时的样子有点丑。但是，我在她这句话面前认输了，我答应了她。我们坐在丁香花丛边，此时，已近黄昏，学校里的灯一排排地亮了起来，唯独我们这里是黑的。

她说："我想蒙面人也许不止一个人？"

"嗯！"

"可是蒙面人不见了，而学生的钱财仍然在丢。"

"嗯！"

"你就不能说点别的？难道自从我戴上眼镜以后就那么惨不忍睹吗？"

我不敢看她的脸，因为我不敢保证自己不会呕吐。

"其实，我想告诉你……"

她话没说完，在离我们十几米的地方闪过了一个黑影，我们俩立刻站了起来，紧盯住黑影。我觉得黑影很眼熟，好像就是那天我在楼梯上看到的蒙面人。蒙面人没有发现我们，他绕过几个花丛，在一个花丛旁停下了，然后在地上倒腾一气。直到蒙面人抬起头时，我才发现他已拿下了面具，并把面具藏在了那里，他的脸正好被寝室楼窗子里的灯光照到了，原来是单小刀。

我刚要喊叫，李薇拉用手捂住了我的嘴，直到单小刀溜走，她才放开手。我气坏了，这么好的机会被她给放走了。她说："不要打草惊蛇，把事情告诉老师，然后再把人和面具一起抓。"

4.蒙面人的真实目的

次日，我们把事情告诉了老师，按照李薇拉的计划，等单小刀再次去取面具时，我们将他抓住了。铁证面前，单小刀只好说出真相。

我书桌里的松鼠、泥鳅，黑板上的血红大字都是单小刀所为，但他一口否认他偷了东西。开始时，他得知我和李薇拉的矛盾，就借机想捉弄我一下，这大大地满足了他的破坏欲；之后又在我的书桌里放了泥鳅，想让我更深信不疑事情是李薇拉所为；至于那血红色警告的来源是单小刀一次在网吧中听到的—— 一日，网虫单小刀照例在放学后跑到校外的网吧上网，结果听到两个男孩的奇妙对话，对话的大体意思是下一个要下手的班级就是我们班，由于网吧都用隔板隔着，等单小刀想看清那两个男孩的样子时，他们早已不知去向，只剩下两把椅子——他得知消息后就马上用从我那里偷配来的钥匙打开了教室的门，写下了当初那几个恐怖的大字。

我们对单小刀的话半信半疑，但在两天后，终于抓到了真正的小偷，发现小偷的竟然是李薇拉。在一天上体育课时李薇拉一眼就认出了那天吓晕她的蒙面人——五班的一个男生，他的身材给李薇拉留下了深刻的印象，所以，即使他没有戴面具，李薇拉也认出了他。那个男生因为整日泡网吧欠下了一屁股债，只好去偷。单小刀虽不是小偷，

　　但也被老师狠狠地批评了一顿。他保证再也不往同学的饭盒里放泥鳅了，因为他也觉得那样很恶心。

　　我真没想到居然是单小刀在捉弄我，气得我在学校操场追了他两圈，最后，累得他坐在足球场上向我求饶。后来，我们两个人就滚成了一团，再后来，两个人又开始踢起了足球，共同挥汗如雨。男生之间从不像女生那样爱记恨，不打打闹闹，我们就不知道日子怎么过了。

　　李薇拉终于洗清了她自己，我见到她却不敢抬头了，我对以前做的事十分懊悔——尽管她很丑。

5.校花在化装舞会中诞生

联欢会上的化装舞会照样进行。教室里的灯关上了，等开灯时，大家都不禁笑作一团，因为我当初编的那些面具名字太丑，而且做的质量也不一，长头猴子、一只眼老虎、无嘴兔子……会不时地从你身旁经过，看那些面具不把人乐死才怪呢！我戴上了我的秃耳狗，不敢说话，怕他们听出我的声音会笑话我。大家该唱的唱，该跳的跳，因为再也不用担心会被偷盗了。

我坐在角落里，突然发现还有一个人也坐在角落里，他不说话，也不动。我仔细一看那人的面具，原来竟然是只大胖猪。

我感觉很有趣，就走过去说："喂！不好意思，我是宁不悔！你是谁？"

大胖猪听到后小声笑了一声，慢慢地摘下了面具，只是光线太暗看不清是谁，隐隐约约看到一双美丽的大眼睛！但我敢保证，肯定是校花那个级别的。

"真的不认识我了？"听了她的声音我才认出来，竟然是李薇拉，李薇拉怎么突然间变得这么漂亮了呢？

这时灯光亮了起来，我惊讶地望着她，不知道说什么好。

她微笑地望着我，说："没有面具，也没有眼镜，不加修饰，这才是真正的我。"

我这时才发现，李薇拉才是班里最美丽的女生（也许是因为一时冲动吧！只代表个人观点），我这次的个人感觉没有出错吧？

每个人都有真实的一面，真实的一面才是最美丽的。

"你也摘下面具吧！秃耳狗不属于你，属于你的应该是金甲虫！"她说。

我有点奇怪："你怎么知道金甲虫？"

她微微一笑："因为，把你折的纸条全都叠成同一个样子的人就是我！"

"是你？"我恍然大悟，看来我以前的怀疑还是有点对的。

她满脸通红，说出了事情的缘由：我写完纸条那天，晚自习下课后，她偷偷地留在了班里，打开我书桌的盖子（那盖子从来都不上锁）——把我那辛辛苦苦做成的纸条都叠成了同一个样子。

她说："其实都是我的错，我不应该和你作对，我向你道歉行吗？"

有这么善良、美丽的女孩在向你道歉，谁会不接受呢？

我说："没事，反正我以前对你也不太好，应该道歉的是我。"

"但我要提醒你一句，以后可要锁好你的书桌，否则，说不定哪一天，你的秘密又被我发现了。"她在我的旁边坐下来。

我们把摘下来的面具摆在一起，效果真是让人笑破肚皮。不过，说实话，还是摘下面具后的感觉最好，你不这样认为吗？

Chapter *3*

抢夺同桌背后的秘密

1. 小心追着爱你的人

这几天，我发现李薇拉变成了"无影大侠"。

她对什么事都不关心，连学校里最著名的阿菜打人被处分事件都一无所知。上课时经常走神，眼望窗外，双手托腮，一副六神无主的样子；下课以后就跑出教室，一溜烟没有影踪。为了不使老师看见她走神，她就用书本把头遮住，不料，她竟然津津有味地咬起书页来，边咬边流口水。直到老师走过来拍她桌子时，她才醒来——她竟然打瞌睡，睡了过去。

我感觉事情不妙，一向嗜学如命的李薇拉怎么会突然变成这个样子了呢？这种变化真是有点不可思议哦！她最近一定遇到了什么不寻常的事情。

为了解开这个秘密，一天放学后，我悄悄地跟在她后面，没想到，竟看到了最令我接受不了的一幕：一个又高又帅的家伙骑了一辆摩托车，在学校尽头的路边接她。

我赶到路口的时候，那小子已经载着李薇拉绝尘而去。

虽然我和李薇拉没有什么，但是说实话，我一向是把她当女朋友看待的。出了今天这样的事情，我突然感觉有点措手不及，不由得心头火起，抬起脚就想踢路边的垃圾筒，但是，我忘记了身边根本就没有垃圾筒。

我一个飞腿踢了出去，只听到耳边响起一声汽车刹车的声音，随之感到脚尖一阵麻木的疼痛。我转眼一看，自己的脚竟然踢到了路边的一辆汽车上，而汽车上坐的人就是我们尊敬的校长——李薇拉的父亲。

我看到校长，觉得刚才的动作有点不雅，连忙向校长道歉。

校长看都不看我一眼，目光直直地盯着马路尽头，然后，扭过头对我说："那个骑摩托车的人是谁？"

"不认识，好像不是我们学校的。"我说。

"噢？你今天怎么没有和薇拉一起走啊？"校长知道李薇拉一向和我一起走的。

"她说她有事，先走了。"虽然李薇拉不理我，但她还是我的同桌，有帮她保守秘密的必要。

"哦？可是，我怎么看摩托车上的女孩像薇拉呢？"校长皱着眉，狠狠地看了我一眼。

"不是不是，只是和她有点像，我刚才看见那个女孩了，她不是李薇拉。"

"真的？"

"真的，我怎么会向您撒谎呢？"我说。

"她最近有点反常，你要帮我多盯着点她哦，这个任务就交给你了。"校长说完，用手拍了拍我的肩膀，目光中充满了信赖和鼓励。

我连忙点头答应，真没有想到校长会这么信任我。望着他的车离开，我还在想：他这是在向我交代任务吗？

这时，单小刀不知从什么地方冒出来："校长给你布置任务了？"

"你全听到了？"

"当然了，看来，你要做拯救李薇拉的勇士了！"

"到底是怎么回事还没有搞清楚，也许只是一个误会呢！她又没有遇到什么危险。"

"我看不一定，那个骑摩托车的小子，我见过，他是 Y 校的，属于飙车一族。"

"飙车一族？他怎么会认识李薇拉？"我很惊讶。

"这倒不清楚，但是据我所知，他和我们学校的阿菜可是很熟悉哦！"

"阿菜，就是那个因打人被校长亲自处分的家伙？"

"不是他是谁！所以，我觉得和阿菜这种人有来往的人一定不是好人！"单小刀故作神秘地说，"我感觉这里面有阴谋。"

"阴谋？不会吧？我再观察观察。"

"好的，有什么事找我，我会帮你的。李薇拉不是我们的班长吗？我们不能让她和坏人来往。"

"一言为定。"

次日，我上学很早，本以为我会是班里第一个到校的，没想到，李薇拉竟然已经打扮光鲜地坐在座位上看书了！

她穿了一条白裙子，碎花上衣，而且我发现，她竟然抹了无色的唇膏。真是不可思议，她怎么突然打扮起自己来了？

我一坐下来，李薇拉就转身看了我一眼，露出灿烂的笑容："今天这么早啊？"

"是啊，你在看书？"我发现她的书下面压着一张信纸，几行密密麻麻的小字清晰可见。

"呵呵，是啊。"她笑着把信纸捂住。

"在写情书?"

"哪有啦！是练习题。"她把信纸藏了起来，然后面对着我问，"今天我的脸色怎么样?"

"比昨天白了一些。"我仔细端详后才发表意见。

"白了多少?"

"白了好多好多，我不会形容啊，总之，你比昨天漂亮多了。"

"是嘛，谢谢，用词形容一下吧?"李薇拉很是受用地望着我。

"惨白。"

"去去！我就知道狗嘴里吐不出象牙来，不理你了！"她说着继续把书立了起来，抽出信纸，沙沙沙地勤奋书写着。

我企图偷看她写的内容，却不幸被她抓住了我的耳朵。她拉着我的耳朵，说："不许偷看，说你多少遍了，不许偷看女生写信!"

"你不讲理，你是我同桌，我有义务对你的安全负责!"我抗议。

"去去！你只是我同桌，又不是我家人，我不用你对我负责!"

"但是，但是，我爸爸和你爸爸是同学，凭这点我也要关心你!"

"强词夺理，我又不是小孩，不用你管。"李薇拉不理我，继续写信。

"小心追着喜欢你的人!"我对着她的耳朵大声地告诉她。

"要你管，死地瓜，管好你自己吧!"

之后，我们两个人谁也不理谁，直到上课。

上课的时候，李薇拉刚开始还认真地听，过了一会儿，她又开始拿出信纸沙沙沙地开始写起来。由于她写得太认真，老师误以为她在记笔记，还向她投以满意的笑容。

她写完以后，又不知道从哪里掏出了一款漂亮的手机，发起短信来。

"手机真漂亮！好像不是以前那部哦!"我说。

"当然不是了，这是朋友借给我的。"

"哪个朋友啊？谁会这么大头，借给你这么漂亮的手机？"

"不许侮辱我的朋友！"说着，她又伸手来抓我的耳朵，幸好被我躲了过去。

"是那个骑摩托车的家伙吧？"

"是又怎样？"

"他不是好人！"

"你怎么知道？"

"直觉！"

"男生还有直觉，真是很惊人哦！"李薇拉头也不抬，继续刻苦地按着手机发短信。

"女生真是天真！"我失望地摇摇头，不理她。

下课后，李薇拉拿出手机开始打电话，还边说边笑，但声音极小，根本就听不到她在说什么。她笑的时候桌子也跟着"笑"，我的两本书还被她"笑"到了地上。

后来，她打完电话就开始发愣。在我聚精会神看漫画书的时候，她突然问我："宁不悔，你相信一见钟情吗？"

"一见钟情？不相信，我不相信一见钟情，网友见面就是这个样子。"我摇着头。

"我没有见网友，但我真的一见钟情了。"

"和那个骑摩托车的？"

"是呀，就是他。"李薇拉点着头，双眼很迷茫的样子。

"讲讲！"

"好的。"李薇拉说。

事情有点出人意料。李薇拉上周末去看她姥姥，由于姥姥家在城南，需要坐很长时间的公交车。那条线路的车非常破旧，车子内部油乎乎的，铁皮张牙舞爪。那天，李薇拉又穿了一条非常漂亮的白裙子，由于下车时比较匆忙，不小心裙子挂到了车上突起的铁皮，尴尬的一幕随之发生了——李薇拉的裙子被刮出了像旗袍分叉一样的大口子。

她双手紧抓着刮开的裙子站在路边，公交车已经远去，路人的目光纷纷投向她裂开的裙子和露出的大腿，吓得李薇拉直往路边的站牌躲。情急之下，李薇拉一只手抓着裙子，加快了移动的脚步。不幸的是，越急越出差错，一不小心，她又被绊倒在了地上，裙子被风刮得飞扬起来，大腿也摔出了鲜血。疼痛、羞愧、委屈接踵而至，她的眼泪刷地就流了出来……

就在这时，一辆黑色的摩托车停在了她的身边，一件黑色的大外套落在了李薇拉的身上，接着，一个黑色的身影飘下车，把她扶了起来，并把那件黑外套系在了她的裙子上，挡住裙子上的口子。那个人把李薇拉送到了她姥姥家，并亲自为她包扎伤口。后来，她才知道，这个人就住在她姥姥家附近，是 Y 中学的学生，名字叫黎佑。

"黎佑？怎么会那么巧呢，他就在那天遇上你？"我说。

"所以说，是缘分，是一见钟情！"

"我不信，他知道你是校长的女儿吗？"

"当然知道！我们只是普通朋友！"

"骗人，他一定是对你另有所图！你要小心哦！"

"小心什么？我姥姥还认识他呢！"

"啊？"

"这回你还有什么好说的？"说着，李薇拉继续埋头发短信。

　　"你会后悔的!"眼睁睁看着我喜欢的李薇拉竟然变成了这个样子,我真是……

　　"你怎么突然关心起我来了?喜欢上我了?"李薇拉笑眯眯地盯着我的脸说。

　　"李薇拉,有人找!"这时教室门外有人叫李薇拉,我抬头一看,原来是骑摩托车的那个家伙。

　　他竟然找李薇拉找到学校来了!真是色胆包天!!

　　"有种人太过自信又不易冲动,再上瘾,不能碰;有种爱轻易得手却不易掌握,再牺牲,也不能就此被感动……"我真想把萧亚轩的这首《上钩了》唱给李薇拉听。

2.他的谎言你当箴言

我走到窗前，看到李薇拉和那个叫黎佑的家伙走到了校门口，那家伙还交给李薇拉一样东西。这时，我看到篮球场上，有一个人也在像我一样关注着李薇拉，那个人就是阿菜。

阿菜手里拿着篮球，目光盯着李薇拉和黎佑，脸上露出一丝阴险的笑容。

我似乎明白了，也许这个黎佑和阿菜是一伙的，他们合伙来算计李薇拉，而他们的目的就是为了报复校长——如果真的是这样，那李薇拉岂不是太危险了！

不一会儿，李薇拉手里拎着一包鼓鼓的东西，满脸笑容地回来了，一回到座位就把东西放到了书桌里。

她见我盯着看那包东西，说："看什么？"

"我没看哦！"我假装不理她。

"口是心非，给你看看吧！"说着，李薇拉打开包，从里面拿出一条漂亮的白裙子。

"漂亮吧？"

"是很漂亮，他给你买的？"

"你什么眼神呀？这就是我前些天穿的白裙子！就是划破的那条，

他亲自缝好给我送回来的。"李薇拉表现出很得意的样子。

"刚才他来见你的时候，我发现阿菜站在楼下看着你们，我怀疑他们是一伙的，你要小心。"我提醒李薇拉。

"不可能，他说我们学校里，他只认识我一个人。"

"说谎。"

"他还说，他和我只想交个普通朋友，而且他的学习很忙。"

"骗人！你等着，我一定会揭穿他的真实面目。"

"你不要把所有人都当做坏人好不好?"李薇拉又抓住我的耳朵数落了起来……

一个星期后，我们学校和黎佑所在的中学举行了一场篮球比赛，作为篮球队员的我有幸来到了 Y 中学。

Y 中学真是美女如云，拉拉队阵势强大，在打球的过程中，我发现有数名美女总不时地向我放电，搞得我精力分散，命中率大为降低。气得体育老师伸长脖子大喊我的名字提醒我，并派人把我替换下来，把我骂得狗血喷头。于是，开赛不到二十分钟我就由一名主力球员沦落为了一名普通观众。

我索性和坐在身边的一个胖乎乎的小 MM 搭讪，我问她学校里有没有一个叫黎佑的人。

小 MM 摇头，不说话。我又问她，有没有一个骑着摩托车的人经常出入校园。

小 MM 又是摇头，看都不看我一眼。

我很生气地说："喂，美女，和你说话呢? 你哑巴了?"

大概是我的声音较大，小 MM 才转过脸，很生气地望着我，说："你有完没完呀? 人家在看球呢! 还有，我摇头是因为脖子痛，活动一下，你不要总用语言配合我好不好？"

"啊？脖子痛？那请问你认识一个叫黎佑的吗？"

"没有！请你不要再问我问题，你好烦人啊！"女生故意拉长声音，好像暗号似的。

我正在怀疑她可能患有咽喉炎或呼吸系统疾病，一名高出我一头的强壮男生突然拍了拍我的肩，说："对女生客气点儿。"

之后，又有三名男生围了上来，有要打架的样子。

哼，想打架？奉陪到底！想着，我也撸起袖子，攥紧了拳头。

看我被人围在中间，我们学校的队员也拥了上来，把那几个男生围在中间。场上的Y中学男生看我们学校队员把他们学校的男生围在中间，便从四面八方涌来，把我们学校篮球队员也围在中间，黑压压一片，不计其数。之后，场外看热闹的女生又把这些男生围在中间，争先恐后发出尖叫……由此，形成了以我为中心，向外不断放射层层圆环，像飞镖镖靶一样。

这时，一个人从里三层外三层的人群中穿了进来，像飞镖一样冲到我的面前，把我和那些男生拦开。我抬眼一看，来人正是那个叫黎佑的家伙。

黎佑叉着腰，说："散开了！散开了！继续打球！"

听到他的话，那些男生女生一哄而散。这时，大概刚才的突发事件使我神经过于紧张，我突然感到内急，便直奔该学校男厕。

出来时，黎佑已不知去向，问该校一男生那个叫黎佑的家伙哪儿去了，男生摇摇头，说："他不是我们学校的！"

"啊？那他是哪里的？"

"凭什么告诉你啊？"男生口气很硬。想发作，突然看到刚才的那几个男生又在虎视眈眈地望着我，只好作罢，心想，等你们到了我们学校，看我怎么收拾你们！

离开 Y 中学的第三天，我找到一名 Y 中学的球员，以切磋球技为名，将其骗至 Y 校附近的一家冷饮厅。我极尽拍马之能事，最终成功从其嘴中套出了黎佑的真实身份。

"什么？他是转校生，还是留级生？"

"是啊，他是不久以前来到我们学校的，这个据说和校长有关系。他是个很有亲和力的人，总能和同学们打成一片，拉拢了一大群男生当他小弟，搞得像帮会一样。"

"哦？说说看，他是不是干了不少坏事，人品很坏啊？"

"你说错了，他人很好的，大家都很喜欢他。"

"那你怎么说像帮会呀？还有，他是不是总骑摩托车，还是飙车一族？"

"帮会？我只是比喻而已，他和同学们在一起只是玩和学习，像大哥哥一样。至于飙车一族嘛，我们也只是听黎佑他自己说，没有亲眼看过他飙车！总之，他是一个神秘人物。"

"他学习成绩好吗？"

"不知道，在我的印象中，他不按时上课，经常上课很长时间后才来，经常翘课，老师们都不敢管他。"

"这么严重？他也太嚣张了吧？"

"还有，他不仅神出鬼没，而且经常去酒吧、KTV 娱乐城等地方，我和同学就亲眼见过一次。有人说他嗑药，还有人看见他和卖药的人有来往，但是又拿不出证据。"

"嗑药！他吃摇头丸？"我总算找到了自己想找的东西，看看李薇拉知道这些事情后会是什么表情。

"当然！我要上课了，以后再聊吧！"

男生走后，我也回到了学校，并很快把了解到的情况理清思路，准备告诉李薇拉。

第二天中午，我把自己所知道的关于黎佑的一切事情告诉了李薇拉，她听后却不以为然："真有这种事？你别骗我了！再说，嗑药的事，你能拿出证据吗？"

"有人亲眼看见的。"

"你自己不是没有亲眼看到吗？我相信他的话都是真实的、正确的。"李薇拉好像很生气的样子。

这时，她的手机又滴滴地响了起来，是短信提示音。

"还是黎佑？找你有什么事？"

"当然是他，有什么事就不必告诉你了。"李薇拉埋头看短信。

"你就这么喜欢神秘人物黎佑？"

"关你什么事？"

放学时，黎佑又来送李薇拉回家。他们刚从学校的路口离开，我就看到阿菜正站在街对面的超市望着李薇拉和黎佑，他的目光给我的感觉很凶残，像一头饥饿的野兽。

这时，路上的车多了起来，挡住了我的视线，车离开时，阿菜已经不知去向。

周末的时候，我去参加老爸为我报名的补习班，补习班位于一家KTV娱乐城旁边。放学的时候，我看到黎佑和阿菜站在娱乐城的门口说话，阿菜好像很生气的样子。我慢慢走过去，企图听到他们的谈话，可当我走近的时候他们却要离开了，我只听到阿菜的最后一句话："一切由你安排。"

一切由你安排？这句话到底是什么意思呢？难道他们要对李薇拉下手了？我必须马上把这件事告诉校长。

3.摇头丸事件

我把这几天的所见所闻都告诉了校长——李薇拉的爸爸，遗憾的是，我并没有从他的脸上看到惊讶和欣喜的表情，他只是轻描淡写地说："这些我都知道了，谢谢你。回去努力学习，不要再在这件事上浪费时间了。"

我不明白校长的意思，他让我帮他留意黎佑的情况，可是现在又突然不感兴趣了，难道他已经知道了真相？还是对李薇拉失去信心，撒手不管了？

这个问题困扰了我一个下午。

体育课时，我闲得无聊，就在操场上和几个同学聊天。我看到阿菜带着几个男生匆匆忙忙出了学校，在他们走出去不久，李薇拉竟然也跟了出去。我急忙跟上，跟着跟着，阿菜他们不见了，李薇拉也不见了。

我正要返回时，突然，背后有个人拍了我一下，我转身一看，是李薇拉。

"不好好上课，干吗跟踪我？"李薇拉说。

"那你为什么跟在阿菜他们后面？他们都不是好人。"

"要你管！我只是好奇而已。"说完，她就大踏步向学校方向走去……

这件事过后不久，我就听说学校里有人去 KTV 嗑药。单小刀对这方面的消息特别灵通，他说，最近有人向学校里的学生卖摇头丸，但是谁也不知道这个人是谁，大家都是传来传去的，有一些男生想买摇头丸要通过很多人的介绍才可以，还有极个别男生，经常出入KTV。这些变化都引起了学生们的不安，也引起了老师们的关注，而我更关注的是李薇拉的变化。

她除了上课外，经常会神秘消失，有时我发现她一个人在操场上溜达，东张西望，还不时地拿出手机发短信，真不知道她在搞什么；有时放学后，黎佑会骑摩托车来接她，两个人也不说话，神神秘秘地就走了。

单小刀对我说，他数次看到黎佑出入 KTV，他怀疑黎佑就是那个向学生卖摇头丸的人。

于是，我和单小刀决定报警，让警察来抓住这个叫黎佑的家伙。

我们对此进行了一番周密的部署，我们不打算马上报警抓黎佑，最重要的是要人赃并获。

于是，一天下午，我们跟踪黎佑到了一家 KTV。那天，他穿了一件黑色上衣，当我们亲眼看到他进去以后，就拨通了110 的报警电话。过了一段时间，数辆警车围住了这家 KTV，数十名警察冲了进去……

我和单小刀躲在 KTV 对面的一家超市中观察动向，大概过了十几分钟，警察押出十几名吸毒人员，可是这些人里却没有黎佑。我们不知道是怎么回事，就去问警察，警察告诉我他们进去的时候，根本就没有看到我们所说的那个穿着黑色上衣、又高又帅的人。因为

KTV 有后门，黎佑大概从后门跑了……

此后几天，黎佑像从这个世界消失了一样，连个影子都找不到。

我本以为李薇拉会很着急，结果她却做出一副满不在乎的样子，每天依然是上课、发手机短信、抓我耳朵，这使我感觉很意外。

我忍不住问她："最近怎么没有看到黎佑？"

"他啊？最近有些事要处理，过一阵子可能你就会看到他了！"

"是吗？我怕他永远都不敢出来了，因为他没有那个胆量。"

"你不要把他和摇头丸事件放在一起哦，他可是一个好人。"

"好人怎么会和阿菜那些人来往？怎么会经常出入 KTV？他是个胆小鬼。"

"出入 KTV 纯属于他的个人爱好，他不是胆小鬼，说不定哪天他就会出现在你的面前。"

"我不信，他现在已经成了摇头丸事件的重点嫌疑人，他都不上学了，我想他现在也许已经离开了这座城市。"

"那好，明天我就让他出现在你的面前！"

4.不要抢走我的同桌

第二天，我一进教室就愣住了，因为黎佑正坐在我的座位上和李薇拉黏黏糊糊的说话。

我很吃惊，真没想到这个嫌疑人居然色胆包天，敢跑到学校里泡美眉，欺负我们学校没有人吗？

我望了望班级，所有人都在各干各的事，他们好像并没有对黎佑的出现感到惊讶。

我很生气，走到黎佑旁边说："我们要上课了，请你到外面好吗？这是我的座位。"

黎佑不理我，依然恬不知耻地和李薇拉海聊。我更加生气，大声地喊："请你离开我的座位！"

"啊？你搞错了吧？这是我的座位。"黎佑理直气壮地说。

"你有没有搞错，你是Y中学的学生，你走错学校了！"我说话的声音很大，带有浓烈的火药味，班里的男生们很配合地聚集过来，把黎佑围在中间，摩拳擦掌准备揍他。

"没有，这就是我的学校、我的班级、我的座位，因为我已经转学到这里了！"

"啊？你转学到这里了？"我简直不敢相信自己的耳朵。

"是的，我被 Y 中学开除了。你的座位在后面，现在我和李薇拉是同桌，这是班主任安排的。"

"不行，班主任安排的也不行，我和李薇拉是同桌，这是校长安排的，班主任也要听校长的。"

"让黎佑和我做同桌是我爸爸安排的。"沉默良久的李薇拉终于说话了。

"宁不悔，你要服从老师的安排。"班主任走了进来，吵闹的班级立刻安静了下来。

班主任走上讲台，说："现在向大家介绍一下，这是我们班的新同学黎佑，他是从 Y 中学转学过来的。"

她说完后，一些平时喜欢拍班主任马屁的家伙很配合地鼓起掌来，全班也随之响起热烈的掌声。

我站在原地，像长在菜地中的一棵树，显得另类而可笑。

老师说："宁不悔，请你回到自己的座位上。"

无奈之下，我只好坐到了黎佑的后面。坐下后，我才发现自己的同桌竟然是班花陈汐汐，和她做同桌是全班男生的愿望，没想到竟然被我实现了。

我抬起头，发现班主任正用奇怪的目光望着我，还时不时地对我挤眉弄眼。

下课后，我才知道，老师的目的是用全班最漂亮的陈汐汐和我交换李薇拉。

但是，我根本就不喜欢陈汐汐，我喜欢的人是李薇拉，我不允许任何人把她从我身边抢走。

我去找班主任说理，她不理我。我去找校长，校长也不理我。

自从黎佑和李薇拉成为同桌后，他们出双入对，好不亲密，气得我真想大骂他们一顿。

但是，我这个人是讲究风度的，做男生风度比帅气更重要。因此，我尽量压制自己的不满，装作若无其事的样子。私底下，在教室人烟稀少的时候，我会神不知鬼不觉地将黎佑桌子上的书本弄到地上，并在上面印上几个清晰的脚印，之后，幸灾乐祸地逃之夭夭。

我一直默默地做着这件事，乐此不疲。黎佑也猜到是我干的，但他从不发怒，每次都是静静地捡起书本，轻轻地拍掉上面的尘土，也装作若无其事的样子。

我想他不发作的原因也许是为了伪装自己。黎佑刚到我们班时比较规矩，后来，他越来越过分，与阿菜等人的来往更加频繁，还经常逃课。每次他逃课，我就会迅速抓住时机，坐到他的位置上（更准确地说应该是我自己的位置），重温与李薇拉同桌的旧情。

李薇拉的举动也随着黎佑的变化而变化。自从黎佑成为她的同桌，她对我越来越冷淡，有时我和她说上半天话她都不回答我一句，搞得我很没有面子。她经常在黎佑走出去不久，就跟出去，却不是和黎佑在一起。

有一天，我特别好奇，在李薇拉突然在学校里消失以后，我开始满学校找她，结果我在阿菜班级门外看到了她。当时，她正趴在阿菜班级的后门上向里望，而且手里还拿着照相机。我偷偷跳到她的背后，像她上次拍我那样拍了她一下。她吓得浑身一激灵，转过身差点没叫喊出声来，说："吓死我了！"

"你在这里偷偷摸摸的干什么？"

"要你管，随便看看！"说着，李薇拉就收起相机往楼下走。

我透过教室后门的玻璃向里面看了看，发现几个男生正在围作一团商量着什么。正感觉很奇怪时，一不小心，头撞到了玻璃上，门随之发出一声夸张的抗议声。

教室里的男生听到了声音后，齐刷刷地向门后看，怒不可遏地盯向我这里，我心想不好，马上撒腿就跑，身后响起一群男生的喊叫声："站住！"

我跑出教学楼，发现李薇拉正站在门口等我。她拉起我的手，两个人玩命地跑了起来。这时，天已经黑了，我们一路跑到了大街上，气喘吁吁地站在街边的一个公交车站牌下。我看着她，她看着我，不知不觉笑了起来。

我的面前是车水马龙的街道，我的身边是我喜欢的同桌李薇拉，我的头上是满天繁星，我的耳边是呼呼的晚风声，我的掌心是她带有汗意的手指，我的眼中是她灿烂的笑容，我们近在咫尺，我们面对面，却相对无言……

"真没想到你还有偷拍男生的爱好！"

"那是，偷拍比偷窥过瘾！"

"那你拍到想拍的东西了吗？"

"当然了。"

"哦，你不留恋我们曾经同桌的日子吗？"

"谁说的？我们是最好最好的同桌。"

"可是，现在黎佑却是你的同桌。"

"他很快就会走的。"

"真的？那太好了！"

之后，我们两个人一起笑，天突然下起了小雨，潮湿的空气扑鼻而来，夹杂着丁香花的花香。

"我送你回家吧！"

"好的。"李薇拉笑着说。

不知什么时候她的手拿开了，我的掌心只剩下了空气和她的温度，我的心莫名忧伤起来。

公交车停了下来，我们上了车，一群男生冲到站台上，愤怒地望着车子，气急败坏地用脚狠狠地踢着路边无辜的公交车站牌。

5.卧底者的告白

三天后，数辆警车从学校里带走了阿菜等数名学生，至此，这个以学生为主要成员的贩卖摇头丸团伙全部落网。

据说，黎佑也被抓获了，等待他的将是法律的严惩。

我又重新回到了自己的座位上，和李薇拉继续做起了同桌。

令我惊讶的是，李薇拉的手机不见了，她也不再上课写情书，不再逃课了。

我每天都送李薇拉回家，生活又恢复了平静。

一天，我和李薇拉正坐在公交车上聊天，突然，我看到一个穿着黑衣戴着墨镜的男人骑着摩托从公交车旁边驶过。看到他的背影，我一眼就认出来了："他是黎佑！"

李薇拉漫不经心地看了看说："哦，确实是黎佑。"

"他不是被警察抓走了吗？怎么会出现在这里？"

"应该是逃出来的吧？"李薇拉笑眯眯地说。

"瞎扯！从公安局逃出来怎么敢骑着摩托在大街上招摇，太嚣张了吧！"

"那就是我们看错人了！"

"对，看错人了。"我看着那个骑摩托车的男人的背影越来越小，最终消失在车流中。

我和李薇拉下车的时候，一辆摩托车驶了过来。车主摘下安全帽，竟然是黎佑！

"你不是被警察抓走了吗?"我惊讶地说。

"是抓走了，后来，又出来了。"

"啊?"我惊讶地张大嘴巴说不出话来。

"非常感谢你的帮助，这是我们领导送给你的礼物。"说着，黎佑递给李薇拉一只精美的盒子。李薇拉打开盒子，里面是一部崭新的手机。

"没关系的，这些都是我应该做的，我们不是朋友吗?"

"喂! 喂! 你们在说什么哪? 做什么了? 感谢什么啊? 告诉我好吗?"我终于忍不住了，真不知道黎佑这家伙又要做什么坏事了。

李薇拉把我拉到一边，向我讲明了事情真相：黎佑根本就不是学生，他是市公安局的一名警察，刚从警校毕业，为了打击校园内日益猖獗的毒品交易，他假扮一名中学生，来到校园里调查毒品来源。他与李薇拉通过裙子事件认识后，得知李薇拉也是一名中学生，便假称自己是记者，要调查校园毒品，请她帮忙调查。于是，李薇拉就每天把所见所闻发短信给黎佑，并侦察像阿菜一类学生的动向。黎佑还以一名嗑药者的身份主动与阿菜接触，取得了他的信任，并保持着长久的联系。在我和单小刀举报 KTV 那次事件后，李薇拉开始也以为黎佑是坏人，结果，黎佑只好说出了自己的真实身份。黎佑从 Y 中学转学到我们学校的目的，就是为了更加方便地接近阿菜，更方便地调查毒品来源。整个事件中，李薇拉搜集了阿菜等人贩卖摇头丸的大量证据，李薇拉照相机中的照片也为公安人员提供了重要线索。

"下一步，你有什么打算？"李薇拉问黎佑。

"去另一所中学，我还有其他的任务，希望还可以遇到像你们这样的中学生。"

"我相信每个中学生都会帮助你的。"

"谢谢！对了，有个问题问你们，我像中学生吗？"

"像，很像，不然，我怎么会把你当做情敌呢！"我笑着说。

"啊？情敌？宁不悔，我可不是你的女朋友哦！我和你没有关系的！"李薇拉又抓住了我的耳朵。

我看到她的脸红了，红得空前绝后，她背对着黎佑，试图掩盖，但好像没有成功。

黎佑挥手向我们告别，他和他的摩托车又一次消失在了车流中……

他会去哪所学校呢？我们还会遇到他吗？我静静地想，李薇拉也在静静地想。最后，李薇拉说："他会出现在每一所学校里，出现在每个中学生身边，和他们成为同桌，成为朋友。"

"是啊，朋友中有个卧底警察也是件不错的事哦！"我笑着说。

李薇拉的脸还红着呢，不知道她是喜欢上了黎佑，还是喜欢上我了？

Chapter 4

我和长颈鹿的战争

1.七分之一的美丽

　　"再怎么量也是一定的，她的头总是占全身的七分之一！"李薇拉把我的手推开，可我就是想画她。李薇拉说："你画她，她也不会喜欢你。"我说："为什么?"李薇拉伸手一指操场跑道的另一边，哦！我这下才明白了，又是那个可恶的长颈鹿——专门训练"美人鱼"淇淇的体育老师，是全校与这个美女接触最多的一个男人，我真是嫉妒死他了。淇淇是校体队的长跑名将，我是校业余美术班的成员，我好想画她啊！当然，我好像也有点儿喜欢她耶，嘘！别让李薇拉这家伙听到呀！

　　每天下午我都最先来到学校的美术室，趴在窗台上看淇淇跑步。有一天，我终于忍不住了，想了解更多关于淇淇的情况，便在放学后，请李薇拉吃冰激凌。她是学校的万事通，什么事也难不倒她，所以我想请她帮我联系一下淇淇，让淇淇做我们一天的模特。

　　李薇拉猜到了我的用意，就让我直话直说，我憋了半天，才结结巴巴地说："我十分想画淇淇！"没想到李薇拉一脸严肃，然后，低头小声对我说："我也正有此意！"

　　周末，我与其他七名师姐师弟整整齐齐地坐在画架旁，等待淇淇的到来。

可到了九点也不见个人影来，几位师姐手握尖尖的铅笔，杏眼圆睁，声称，如果今天李薇拉不把模特带来，非把她戳成蜂窝煤不可。

又过了十分钟，门开了，李薇拉低着头走了进来，几位师姐当即拍案而起，还没等她们发怒，淇淇也走了进来。李薇拉冲我一笑。嘿，这丫头本事真不小呀！

淇淇坐在中间，我们围在四周画她。她和我聊天说她早就有此意。我发现她的脸真是美极了，几位师姐边画边瞪着淇淇。哼！嫉妒也没有用啊！漂亮是天生的。大轮廓已经基本勾好，我开始画她的五官了。淇淇冲我直乐，我说你别笑了，再笑就画不好了，心里却是美滋滋的。

忽然，走廊深处传来了一阵喊声："淇淇！淇淇！"声音越来越近，我们都傻了，淇淇也傻了，沙沙的笔声停止了……

不好，是长颈鹿！

门开了，是被人无礼地推开的，长颈鹿立在门口。淇淇二话没说，低着头走出了画室，之后，走廊里便传来了大声的训斥声……

可怜的淇淇又要到操场上挥汗如雨了，像只被蒙上了眼睛的小驴，围着操场玩命地跑——李薇拉说的。她还说，当她说起要淇淇来当模特时，真的把淇淇乐坏了，因为这样可以逃避训练。可是事与愿违，大伙真是恨透了长颈鹿。

令人意外的是，两个月后，班级合并时，淇淇竟分到了我们班，成了我班的体育委员，并与我成了邻桌。嘿！为这，我半夜没睡着觉。

不过，淇淇的话却少了许多，不像当初画她的时候那么爱说爱笑了，总是神神秘秘的。听人说，淇淇只和她的妈妈住在一起，她的爸爸出国了。

她的心里到底在想什么？我真是有点糊涂了。

2.我掐住了长颈鹿的脖子

淇淇转到我班算是一件好事，但随之而来的却是一件坏事，那就是长颈鹿竟然大摇大摆地成了我们班的体育老师。真是冤家路窄，今后，我们再也不能在体育课时偷偷跑到美术室画画了。

更倒霉的是，学校还和我们过不去，又新开了什么游泳课，每人还要交上三十元钱的上课费。这事在学校里引起了很大的反响，有很多人不想上，可是学校将这次上游泳课的事与班级的评分挂钩，不上是不行的。

于是，我们每周要跑到离学校一千米远的地方去上游泳课。长颈鹿在前面打头，淇淇跟在他的屁股后头，抬着脸和长颈鹿腻腻歪歪地说话，全班男生气得眼睛直冒火。也难怪，尽管长颈鹿已四十出头，但凭借他那比我还酷的眼神、高大的身躯和无人能及的长脖子，不知迷倒了多少无知小女生（包括女老师在内），淇淇被其迷倒也在情理之中。

游泳馆里，淇淇穿上泳装后简直就是一条美人鱼，全班男生的目光都集中到了她的身上。上课时，长颈鹿张大嘴巴开始喋喋不休地强调游泳时须注意的一些事项，还让淇淇像木偶剧的小人一样做示范，他们亲密无间的配合恶心之极，是用任何语言和文字都无法形容的——也许是因为我太喜欢淇淇的缘故吧！但其他男同胞的表情，也都达到了义愤填膺的程度。

长颈鹿的话我根本就听不进去，没等他讲完，我便气得再也无法忍受，一头扎入了游泳池中。

我以前没有学过游泳，以为游泳跟踢足球、背单词差不多，会踢、会背就行了，可真的到了水中，我却傻了，先前学会的游泳技巧和注意事项全都忘得一干二净。此时，我脑中闪过的唯一的念头就是喊救命，可是我怎么也喊不出来，四肢胡乱地扑腾着，连闭嘴都忘了。水咕嘟咕嘟地往我的肚子里灌，我的大脑里一片空白，好像躺在水里似的，看到头上是白花花的一片。

吾命休矣！谁来救我啊！我此时才真正领悟到什么是"书到用时方恨少了"！

我希望我的手能像电影里演的一样抓到像绳子一样的东西什么的，可这不是电影啊！

在求生欲望的驱使下，我伸出两只手在空中胡乱地抓着，突然，我感到手似乎碰到了什么东西。

我抓到了！我惊喜地想，软软的、粗粗的，应该是抓到了一只胳膊。我死死地抓住这只胳膊，直到我的头露出了水面。正在我为可以重见天日而窃喜时，我的头却不知被哪个混蛋重重地一击，当即便失去了知觉……

以后发生的事和电视里的差不多——我看到一圈的脑袋，都是同学，唯独没有长颈鹿和淇淇，我真的想知道我的救命恩人是谁呀！

之后，李薇拉告诉了我真相，是长颈鹿救了我，是他把我从死亡的边缘拉了回来。

当我不顾一切跳入泳池时，全班同学都慌了，特别是在我挣扎的时候，女生们都吓得惊叫起来。由于班里没有几人会游泳，所以没有人敢下水救我。正在这时，长颈鹿一纵身就跳进了水中……

我身上一点力气也没有，李薇拉扶起我，我看到长颈鹿正坐在另一边，手摸着脖子。在他手拿开时，我看到他脖子上有一道红色指印，那应该就是我的"杰作"，他的旁边还坐着淇淇那个小狐狸精（对不起！我太讨厌他们在一起时的样子了，所以才用了这个带有侮辱性的词汇）。

李薇拉看着我，递给我一条毛巾，说："体育老师为了救你，自己差点被淹死！"

"淹死？别开玩笑了，他是游泳教练还能淹死？"我搞不懂为什么所有女生都在替长颈鹿说话。

"你这个没良心的家伙，小气鬼，你知道吗？你被救上来的时候，你的手还掐着人家体育老师的脖子不放，差点把他给掐死，就是不掐死，也得淹死，幸亏……"我抓住的不是胳膊，是脖子！我立时变得目瞪口呆。

"幸亏什么？"我追问，并想起有个混蛋家伙打我的头。

"幸亏体育老师为你做了人工呼吸！"李薇拉眼神游移地说。

"啊？他给我做人工呼吸？"我听后感觉五脏乱搅，直恶心，差点吐了出来。

"那个敲我头的混蛋是谁？我要找他算账，万一把我打成傻瓜怎么办？我还没有女朋友呢！"我说。

"不会的，这么小的拳头怎么会把你打成傻子呢？"李薇拉边自言

自语地说着，边伸出自己的拳头仔细端详。

"啊？打我头的人是你？"我终于明白了。

"是我！为了救你，还有，怕你变成杀人犯！"原来，李薇拉早已察觉到了我对长颈鹿的敌意。

3.美人鱼爱上了长颈鹿

我妈知道我被长颈鹿救的事后，非要亲自到学校表示感谢一番不可，还准备了五百元钱，让我第二天上学送去。我当时就表示反对，救落水学生是老师的职责，我差点淹死，还没有找他算精神赔偿呢，却要我花钱去感谢他，没门儿！

我使尽浑身解数，终于说服了我妈，打消了她亲自去学校送钱的念头。因为我怕丢人，也不会在他面前低头，我妈便又出了一个主意，就是写感谢信。

一听到要写感谢信，我更是不同意了。我老妈气得大骂我没良心，说人家救了我的命我却一点表示都没有，真是过意不去。后来，终究胳膊扭不过大腿，还是写了封感谢信。

第二天，每个学生走进学校主楼前厅都可以看到这封感谢信。大红纸上，我爸用他那获过全国书法二等奖的正楷毛笔字，将那天长颈鹿救我的过程简要叙述了一遍，之后，满怀深情地表达了一个落水学生家长对救命恩人的无限感激之情。

很快这件事就传遍了全校，我也成了众人瞩目的焦点。我不敢抬头，感觉每到一处，后背都会被戳不下五百次。说什么那就是让某某老师救起来的，那就是差点淹死在游泳池的，那就是喝了一肚子游泳池水的……我真是恨透了长颈鹿，救我干吗？这样还不如被淹死算了呢。

长颈鹿成了英雄，但他的衣领却高高地竖了起来，因为他的脖子上留下了我的"九阴白骨爪"印。

我在淇淇面前昂着头，装作若无其事，淇淇也不理我。她知道我的心思，因为我一看到她和长颈鹿在一起就装作咳嗽或呕吐状，她对此早已习以为常了。也许，正是因为这个，淇淇这个小狐狸精与长颈鹿的交往更加热火朝天了，有时甚至整个下午都不上课，在操场跑道上傻驴似的跑。长颈鹿怕别人不知道他是体育老师似的，拿着个破计时表，紧跟在淇淇屁股后头。哼！长颈鹿这个大色狼！！

一天，我在画室画画，李薇拉告诉我说，听人说淇淇好像都要搬到长颈鹿那里去了。我一听这话，真如五雷轰顶。长颈鹿这个衣冠禽兽也太不像话了！难道淇淇真的喜欢上他了？可是，我怎么也接受不了他们要搬到一起住的事实呀！

不到一个星期，李薇拉又得到了消息，淇淇这回真的搬到长颈鹿那里住了，早晨上学都是长颈鹿和淇淇一起来的，还有说有笑的。

铁证如山，看长颈鹿还有什么好说的。

于是，我和李薇拉密谋给市教委写了一封声泪俱下的匿名信，将长颈鹿与淇淇如何搞不正当关系的犯罪行为一一写清，并把信交给李薇拉，派她邮出去。李薇拉接过信，头也不回地就走了。

望着她的背影，我突然在心里问自己："我怎么会变得这么龌龊呢？只是因为喜欢一个女生的原因吗？我这样做是不是有点太过分了？"

我有点儿后悔，想追回李薇拉，她却早已无影无踪了。

过了一个小时，李薇拉才回来，我问她信哪儿去了，她说早已寄走了。

　　我老妈念念不忘长颈鹿老师对我的大恩大德，总觉得一封感谢信太轻了，就买了几件换季时穿的名牌衣服，让我给长颈鹿送去。我坚决不送，我爸听后伸手要扁我。我从小最怕我爸了，只好硬着头皮给长颈鹿送去。

　　长颈鹿见到我高兴不已，假仁假义的问我学习状况什么的，还关心地问我现在恶不恶心了。我说不，然后，送上我妈给他买的衣服。长颈鹿坚决不要，说什么学生和老师间用不着这个，百般推辞。最后，我也没有办法，又只好拿了回去。

　　平心而论，长颈鹿其实是一个好老师，不光是现在，他以前见到我也是一脸笑意。但是，我就是无法容忍她和淇淇住在一起的事实。

4.匿名信和完整的画

　　一个星期后的某个早晨，我看到学校主楼前停着数辆轿车，看样子又是上级教育部门来检查工作的。上楼时，我无意间从身旁经过的两个老师的说话中得知，这些轿车都是市教委的。

　　我不由得心中暗喜，市教委还真的来查了。经过几天的调查，事情真的有了眉目，但不是长颈鹿和淇淇的事，而是学校乱收费的问题被查出来了。游泳课被停了，校长一干人等被人家训了一顿，还罚了款（具体数字不得而知），大报小报记者蜂拥而至，我被淹的事情还登了报，被列为此次乱收费行为造成的不良后果。

　　我觉得有些奇怪，难道市教委对长颈鹿的事一点也不过问，就这么置之不理吗？

　　一天，在淇淇填写一个有关父母情况的表时，我随便看了一眼，发现"父亲"一栏中写的竟然是长颈鹿的名字，我当时便呆住了——这到底是怎么一回事呢？

　　后来，从班里一个淇淇最要好的同学那里，我才知道，淇淇的妈妈早在五年前就离婚了，去年通过学校里的一个老师的介绍，淇淇的妈妈认识了长颈鹿，经过近一年的相处，他们终于走到了一起，淇淇自然要叫长颈鹿爸爸了。老师都比较保守，所以这事一直保密着，没有几个人知道。

听完后，我忽然想起了我的那封匿名信，如果真的把这封信给市教委邮去，那不是出笑话了吗？我开始发疯似的找李薇拉，因为那封信是她给我邮走的，我要告诉她我们写的一切都是错的，可走到哪里也找不到她。

突然，我想到了画室。便飞奔到那里，发现她真的在那里，不仅有她，还有淇淇，还有长颈鹿。

淇淇抿着嘴冲我直乐，我不敢看她，低下头小声地问李薇拉："我们的那封信呢？就是我诬陷淇淇和长颈鹿的那封！"

"他们的事我早就知道了，信在这里！"说完，她从画夹里抽出了那封信的一角。"其实，长颈鹿和淇淇的事，我老早就已经知道了！我只是和你开了一个小玩笑而已！"李薇拉又眼眯成了一条缝。

"啊？小玩笑？"

"你别忘了，我爸可是校长。看到你写的匿名信，我突然联想到游泳课的事，这件事学生家长们早已怨声载道，如果不提醒爸爸，那后果将不堪设想，于是，我就找爸爸谈了这件事，但是已经晚了……"

"谁让你爸爸贪财了！自作自受！"

"你怎么可以这样说我爸？他根本就不知道这件事！"

"啊？不会吧？"

"这件事自始至终都是一个副校长暗箱操作的，我爸是最近才知道游泳课还收钱的，想阻止，却为时已晚。"李薇拉有点沮丧。随即，她却又兴奋地眨着大眼睛望着我，小声说："还讨厌长颈鹿和淇淇吗？"

"别提这事了行吗？"我偷偷地抬头，看了看淇淇和长颈鹿。

　　淇淇坐在中间，低着头，四周依然围着我那些手握铅笔的师姐师弟们。我未画完的半张画还在那里。长颈鹿走过来，对我说："听说你画得是最好的，快来画吧，今天我给淇淇放假了，她下周要去参加市里的中学生田径运动会。"

　　我的脸不知道为什么忽然发烫起来，而且有越来越严重的趋势呀！

　　我像个小丑！我先前的做法是多么可笑啊！

　　淇淇还是冲我笑，她还是像一条美人鱼般的可爱动人。

　　嗳！别笑了！再笑我就画不好了！

Chapter **5**

逃课生拼盘

1.游戏机与外语书同处一堂

我正坐在游戏机前奋力拼杀，一只手伸到了我的眼前挡住了屏幕。扭头一看，又是李薇拉。我气愤地把她的手打开，说："你又没'币'了？玩不好就别玩，待着歇一会儿算了。"我推开李薇拉，继续自己在游戏机上的拼杀。

李薇拉不死心，凑到我跟前央求说："再给两个币就可以，这是最后一次，我求求你了！"李薇拉哈着腰，把手又一次伸到我面前，其姿势极像一位绅士在邀请一位小姐跳舞。我见李薇拉的样子忍不住想笑，实在猜不透一个女孩子怎么会对游戏机这么痴迷，真是不可思议。然而，一个女孩能这么可怜兮兮地求自己也实在难得，于是，我装模作样地说："看在你是我的好朋友分上，就再给你两个。"

我把两个游戏币摔在李薇拉手上，然后站起身大声对李薇拉喊："记住！这是最后一次了！"

我有点儿后悔带李薇拉一起逃课到游戏厅玩了。今天下午好不容易碰上班主任不在，又是体育课，一时技痒的我本想偷偷一个人去网吧玩传奇，可惜没有空位子，只好来到游戏厅里好好过一把瘾，然后就此收山。

可李薇拉偏偏死缠烂打地说要跟出来玩玩，我禁不住她的哀求，

74

只好带她一起来了游戏厅。当然我也有另外一个心眼，那就是等回到学校后挨批评，两个人总比一个人要好些——法不责众这条规律在我们班还是颇为有用的，特别是当这"众"里有李薇拉这样的好学生时。况且，她有老爸撑腰，老师也不会把她怎么样。

没想到，李薇拉这个人的"格斗"技能真是极其"糟烂"，一到没"血"的时候便找我要币，结果使玩得正起劲儿的我的战果瞬间化为泡影，真是气死我了。

不到五分钟，李薇拉又完蛋了。这一次她遵守诺言，没有再打扰我，一声不响地坐在我旁边，不知从什么地方拿出两本书来，低头看了起来。

游戏厅里的人都在汗流浃背地奋战，"隆隆"的噪音吵得人说话都不得不提高嗓门，李薇拉却发高烧似的捧着书本，真是不合时宜。我在拼杀的间隙扫了一眼李薇拉带来的书，一本是外语，另一本是安妮宝贝的爱情小说《彼岸花》，我哈哈大笑："你把外语书都带到这里，真是两不误呀，难道这两本书你全看不成？"

李薇拉很认真地说："是呀！都看。"

我一咧嘴，说："都看！那你太有本事了。"

李薇拉不理不睬，照看不误，一会儿看外语书，一会儿又把安妮宝贝的书捧到眼前，做亲密状。

我很厌恶地从鼻子里哼了一声："好啦，扮纯情也不找个地方！"

之后，继续我的游戏拼杀。

2.逃课生拼盘

正当我为自己不再为李薇拉所烦而庆幸时，我的嘴一下子被一只手捂住了，不待我发作，李薇拉用眼睛示意我往门口瞧。我不情愿地扭过头，这一看不要紧，我的头在定睛的那一瞬间"嗡"的一声响了起来。站在门口的不是别人，而是冷面杀手班主任老师。

真搞不懂，老师不在学校好好上课，怎么也来游戏厅啊？

手疾眼快的李薇拉把呆头鹅一样的我的头狠狠地按了下去。我们两个人蹲在地上，李薇拉慌里慌张地说："逃吧？"

我机械地点点头，于是，两个人就像两只小老鼠一样飞快地缩着身子向游戏厅的后门移动。就在我破门而出的那一瞬间，回头发现班主任老师已经站到了我们刚才拼杀的游戏机前，拿起了我曾握过的那把"枪"。我没有再停下来，拔腿就跑。

真没想到，平时总以淑女自居的李薇拉竟然比我跑得还快，根本就不顾我的死活。我气呼呼的跟在她的后面跑，心想，跑得再快也没有用，老师既然追到了游戏厅，可能就已经知道我们在那里了，回去以后免不了一顿批评，反正都是一个下场。

正在想着，惊魂未定的李薇拉又"啊"的一声惊叫蹾了回来，我这才发现我们仓皇逃窜出了游戏厅，却误入了一家狗肉馆的后院。此刻，一只大狗正吐着红舌头，虎视眈眈地盯着面前的两个闯入者，不叫也不跳，以一种玩世不恭的狗眼望着我们，好像在说："你们跑啊，比比是人类的腿快啊，还是我的狗腿快！"

由此，我断定面前是只喜欢沉默寡言的狗，它的深沉令我和李薇拉不寒而栗。

李薇拉躲在我身后着急地说："哎呀……这可怎么办啊！老师一旦追赶过来……"

正当我们不知如何是好的时候，从另一扇小门里大步流星走出了一个扎着围裙、手持木棍的男人。那个男人很不屑地看了看我和李薇拉，什么都没说就把那只狗牵进了铁笼子里，然后用宽大的围裙擦了擦他满是油污的双手，说："你们这些孩子呀，老大不小的，不好好上课打什么游戏机，唉！快从这儿过去吧！这是我们老板刚买的狗，还没来得及杀，我一会儿就处理掉它！"

李薇拉说了声谢谢，赶紧拉我往前跑。跑到巷子的深处，我回头望了望那只在笼中缩成一团的狗，它早已没了刚才的威风，一丝怜悯油然而生。我想，自己和李薇拉如今不就像两只拼命逃窜的小狗吗？而手持木棍的男人也正像穷追不舍的班主任老师，我们若被捉到学校处理掉，不也会像那只可怜的狗一样吗？被校领导一干人等烹制一道大菜摆在全校师生面前，成了给猴子看的倒霉的鸡……一道菜名在我的脑海中一闪而过：逃课生拼盘。

3.开除大会

　　我和李薇拉回到学校时，已是下午四点钟。踏进了学校的校门，我和李薇拉悬着的心才好不容易算是落了下来。可是，我们却发现操场上一个人也没有。李薇拉急忙看了看表，正是体育课时间，怎么会没有人呢？往常这时操场上应该是一片龙腾虎跃、鸡犬不宁的局面啊！今天怎么会这么安静？

　　我一颗刚落下的心又悬了起来，李薇拉对我说："学校里怎么这么静，会不会出什么事啊？"

　　我也发现有些不对头，但还是安慰她说："也许大家在教室里吧，以前体育老师有事，大家不就是自由活动吗？"

　　李薇拉想了想说："但愿吧！"

　　也许是因为刚刚逃脱班主任老师的追捕，我此刻感觉幸运之星高照在头上，便无所谓地和李薇拉一起推开了教学楼的大门。我习惯性地向收发室看了一眼，那个平日从不说话、又瘦又刁蛮的老太婆正埋头在一张偌大的报纸里。我和李薇拉趁机溜了进去，大厅里也是一个人影都没有，寂寞的夕阳在墙壁上无聊地爬来爬去。

　　忽然一种不祥的预感，压得我几乎透不过气来。李薇拉说："怎么回事啊？"我摇了摇头，一句话也不说就往楼上走。

我和李薇拉来到三楼的班级门口，用手轻轻地敲了几下门，没人答应。我踮着脚伸长了脖子从门玻璃向里窥视，教室里桌椅摆放得整整齐齐，但是一个人也没有！我终于忍耐不住了，我愤怒地敲遍了整个三楼教室的门，连个鬼影子都没碰到。

李薇拉又急又怕，快哭出来了，她唠叨着："这是怎么回事？怎么会一个人也没有啊？"李薇拉这是第一次逃课，其实，她只是想看看让我魂牵梦绕的传奇世界到底好玩到什么程度，没想到会搞成这样。她这人胆子很小，对于逃课这种活动又不是很专业，自然没有主张。

"我是第一次啊，要是被人知道了我会多惨啊？"

"我爸爸要是知道我逃课，非骂死我不可！"

"我还是班里的班长啊，班长带头逃课，以后同学们还能信任我吗？"

……

李薇拉在我的耳边喋喋不休地说着，我被她吵得别提多心烦了，真想抢白她几句。可转念一想，她毕竟是我同桌，又是我把她带出去的，我也有责任。于是，我只好安慰她说："以后我不带你去就好了，也许我们本来就不该出去。放心吧，你老爸是校长，不会有事的！会不会是学校临时放假呢？"

我嘴里虽然这么说，心里也是七上八下的……难道全校师生全都失踪了不成？开玩笑嘛，哪有这等事！

突然，一阵清脆的皮鞋声传进了我的耳朵，我和李薇拉急忙跑到左边的楼梯口躲了起来。原来是体育老师铿锵有力地从楼上下来了，他抽着烟，步子悠闲自在。

虽然我和李薇拉躲了起来，但还是被他发现了。体育老师看到我和李薇拉，一脸惊讶地说："你们怎么会在这里呢？"

我支支吾吾地说："我们……我们……玩了。老师，学校里怎么没有学生呢？"

"今天下午不上课，全校师生都去开大会了，说是要开除几名学生。回去吧，大会也许早就开完了！"体育老师说完，煞有介事地耸耸肩，走了。

开除？开除谁啊？不会是我们吧？

我和李薇拉如同遭了雷击，像两个稻草人一样傻站着。我感觉自己的心脏此刻忙碌得像要跳出来，李薇拉已经哭开了："怎么办啊？我明年还要考重点呢！"

"傻丫头，你老爸怎么会开除你？大不了是开除我而已。"

"开除你也不行啊！"李薇拉的声音有点变了，有点哭腔。

"女生啊，女生啊！……"我叹息道。

4.愚蠢的错误

　　第二天太阳很好，学校里像往常一样热闹非凡。我和李薇拉忐忑不安地坐在座位上，如同两只待宰的羔羊。此刻学校里的一切在我的眼里都变得忧伤起来，一种依依不舍的情愫让我心酸涩得要命。

　　也许我和李薇拉很快就会做不成同桌了！我打定了主意：如果学校真的要开除我们，我就要像一个男子汉那样把一切责任都承担下来，为李薇拉争取一个宽大处理的机会，她毕竟是一个好女孩，毕竟要为她的校长爸爸留点面子。

　　两节课就这样在惴惴不安中过去了，奇怪的是，好像压根儿就没有事情发生过似的，没有人提起开除或者昨天我和李薇拉逃课的事情。班主任老师在早自习时来到班级轻描淡写地看了一眼就走了，其他一切照旧——董美美依然像疯子似的抡起拳头砸她那同班却不听她话的弟弟董强强，朱米米和她的同桌"呜啦呜啦"地搞什么鸟语对话……我的心里没了底，如同一台死机的电脑。我猜想自己被开除的可能性不大了，逃课这件事算不了什么，即使逃脱不了，但去游戏厅的事没被抓个现行，也该没事吧！

　　这样一想，我才渐渐放下心来。我转过身想和李薇拉分析一下具体情况，但她正心不在焉地盯着桌面上那本安妮宝贝的书发呆，我想安慰她几句，让她不用担心，自己和她的学习都优秀得没的说，而且前几天还参加了学校的数学竞赛，感觉也不错，老师是不会那么狠心的。

不料李薇拉却先开了口，她惭愧地说："我，会有事的，肯定会有事发生的。是我笨，老师已经发现我们去游戏厅的事了。"

"老师怎么会知道？我们又没被她捉住。"我很奇怪，她又没有看到我们。

"是因为……因为，我的外语书忘在游戏厅里了。"李薇拉的头低得更低了，显得很没出息。

我气得从椅子上呼地站了起来："什么?!把外语书丢在游戏厅里了！你……你怎么可以犯这么愚蠢的错误！"

我在地上来回走动了几圈，又重重地把自己摔在椅子上……

同学们被我的声音震住了，个个都伸长脖子注视着我，张着嘴。

"外语书丢在游戏厅里了？不是开玩笑吧?"

"这回事情可不好收场了……"有人幸灾乐祸地说。

班里嘘声一片……

事情这下可有些不妙了。我闭上眼睛，昨天那只狗的样子又浮现在眼前，我还联想出它被杀害并被剥皮后摆上餐桌的样子，同时，我和李薇拉被学校处理成"逃课生拼盘"的模样也幻化了出来。

没办法，我是一个喜欢幻想的人，即使是面对这种尴尬的局面，我的想象也从未停止过。

我狠狠地揪着自己的头发，想把脑袋里那些乱七八糟的想法都揪出来扔到垃圾箱里去，可是没用，我镇定不下来。

可恶！我骂自己。

5.世上本无事，庸人自扰之

"你想好了吗？我可想好了。"中午吃饭时，李薇拉把一块土豆送到自己嘴边停住了，勺子悬在半空中，空气中有股熟土豆的味道。

听到李薇拉的话，我也放下了勺子。食堂里乱哄哄的，一些人没心没肺地来回走动。我从李薇拉那严肃的表情上看出她是下定决心了。经过一个上午的思想斗争，我也下定了决心，还是主动投案自首为上策。我说："好吧！吃过饭我们一起去见老师。"

李薇拉点点头，把土豆送进了嘴里。我也把一块油乎乎的鸭脖子送入口中，大嚼特嚼起来。

十二点三十分，我敲开了班主任老师办公室的门。办公室里只有她一个人。我和李薇拉走到老师旁边，李薇拉给我使了个眼色，我张开口："老师，我们来了！"

班主任老师从作业本上抬起头来，看到我和李薇拉，笑容随之像花一样绽放在脸上。她说："我正在等你们，我料到你们会来的。"

我和李薇拉被老师那没来由的笑弄得有些不知所措，浑身上下像有无数只小虫子在爬。我看到李薇拉冲着桌子吐了一下舌头，她那本外语书正大模大样地躺在办公桌上，书的封面上还赫然写着她的名字，那几个龙飞凤舞的字是我和她在大街上花十块钱请一个签名设计者设计的。

我觉得非常尴尬，站了好久都不知道要说些什么，最后，我说："老师，我们……"话没说完就被老师打断了。她说："我都知道了，我给你们看两样东西。"她从抽屉中拿出两本大红的证书，说："昨天下午学校公布了数学竞赛的成绩，你们都获了奖。祝贺你们！"

班主任老师把证书放在那本外语书上面递了过来，李薇拉接过了证书和外语书，脸刷地红了。我接过证书后更觉得有些无地自容，我终于鼓起勇气把话说完："老师！昨天都是我不好！"

"好了！好了！老师什么都知道。昨天我想把数学竞赛的成绩告诉你们，当时，我正从外面回来，在路上看到了你和李薇拉走进了游戏厅，就悄悄地守在门口等你们出来，后来，我就进去了……游戏厅老板说，你半年多都没去了，而李薇拉是第一次。你们能来我很高兴，回去吧！好好努力，下周就要期中考试了。"

我和李薇拉走出班主任老师的办公室，对望了一眼，然后不约而同地笑了起来。

我说："世上本无事，庸人自扰之。"可不是么，"逃课生拼盘"这道大菜，学校里根本就没有嘛！

李薇拉却什么都没说，笑过之后眼泪又流了下来。

我这个"游戏高手"再没去过那家游戏厅。至于传奇嘛，后来我去网吧上网时竟发现自己的账号被人盗用了，结果，我半年没有再玩传奇。

Chapter 6

男生拍卖会

1.第十九次出逃

那天我让阿笨狗代我值日，自己背着书包从学校的后门溜走。可是没想到，还没等我走出校门，就听到身后一声大叫："死宁不悔，今天又不值日，这已经是第十九次了。我一定要把你和阿笨狗分开。"

我回头一看，我的同桌李薇拉正拿着扫把向我追来，我除了使劲跑，别无他法。

我跑出教学楼，又跑过足球场，回头一看，没了李薇拉的踪影，我的心才放了下来。

李薇拉平时表现都很不错，就是每次到值日的时候就让我干一些脏活、累活，从来都不照顾我这个同桌一下。和她同桌，我根本就没有其他人说的那种近水楼台的优势，所以每次值日，我只有一个方法，那就是逃跑。

由于我不断逃避值日，引起了全班女生的广泛关注，特别在我这次逃跑以后，全班女生召开了一次紧急会议，决定将我们班有限的七个男生资源进行合理分配，当然分配的方式是竞价拍卖。

真不知道这些女生安的是什么心，真的要拍卖的话，那我岂不惨了。值日时为了逃避劳动我一般是让阿笨狗代替的。他这个人比较木讷，学习又差，却有一副高大雄伟的块头。因此，在他第一次向我抄作业的时候我就和他达成协议，在以后的日子里，凡是轮到我值日，活都由他来干。同学友爱，互相帮助，没想到这些女生却不同意，硬要将全班的七个男生合理分配，这样的话，七个男生四个组，就会出现有一个组是一个男生的情况，我有种预感，这种情况极有可能就发生在我的身上。

我是最不喜欢干体力活的了，要论学习，咱一个顶她四十个，可体力活就不行了。看来躲避劳动的日子要结束了，我真不知道下一步迎接我的是什么呀！我坐在教室里想了半天也想不出一个对策来。

阿笨狗下课时坐到我的桌子前面，小声对我说："你知道吗？班里的女生联合会已将我们几个男生分配好了，就是不知道结果如何，好像对你不利呀！"

"为什么？我不怕她们！"我心里七上八下，嘴上却还要硬撑着。

"昨天大家走后，我回教室取东西，听到李薇拉她们说，全班就宁不悔养尊处优，不干活，这一回要好好收拾他一下！"

一听这话我气得脸都绿了。阿笨狗劝我不要难过，如果不行还可以逃啊！

这话对呀！如果不想干活的话还是可以逃的，就这么办了，管她们什么拍卖，管她们把我拍卖到哪个组，一个字，就是"逃"。

看阿笨狗套近乎的样子，我猜出来了，他准又是想让我帮他写作业了。这小子就是四肢发达，大脑简单，难怪叫他"阿笨狗"嘛！

中午休息的时候，班长李薇拉宣布，下午的体育课召开班会，研究解决长期困扰我们班的男生短缺问题，将有限的男生资源合理分配，进行拍卖。她的话一出，全体男生都坐不住了。

"干什么呀！我们又不是商品，为什么要拍卖呀！这是侮辱人格。"

"我们抗议，坚决不服从！"

几个男生还吹起了口哨，虽然说男生只有七个，但如果真的合起伙闹起来，女生们还真的不能怎么样！

女生们一个个愣愣地看着站到桌子上的几个男生，我们几个被看得有些发毛，又不由自主地从桌子上面下来了。

李薇拉站在讲台上，脸色通红，怒气冲冲地望着我：“这是全班女生的意见，你们男生必须服从！”

"为什么服从啊？不公平，你们就是欺负我们男生人少。"我说。

"宁不悔，你给我小点声，平时不值日还敢顶嘴？"李薇拉从讲台上走来，看样子要打我。我见势不妙，立马就跑，于是，我和李薇拉在教室里开始上演活人版“猫捉老鼠”。

这时，班主任推门而进，说：“怎么了！谁不同意和我说，下午的班会我也会参加。”

几位兄弟一听这话全傻了，站着的男生像木头一样傻立在那里，我也无计可施，老天，认命吧！

2.男生拍卖会

下午，在我们班的教室里，关于男生的拍卖会正式举行。

班主任美滋滋地坐在前面，说："这次拍卖会只是一种形式，也是迫不得已呀！谁让我们班的男生这么少呢？因为男生少，我们少了许多评选优秀班级的机会，你们看看楼下。"

靠窗的同学赶紧把目光移向窗外，我离窗子最近，看得也清楚。操场上，八班的数十名男生正在卖力地清扫地上的冰雪，统一服装，统一姿势，屁股都抬得老高。

校长站在一边连连点头，八班的班主任正在眉飞色舞地拍校长马屁，校长的手在脸上不停地摸来摸去，我想他大概是在擦八班班主任喷到他脸上的口水吧。

老师说："八班已经连续两年被评为优秀班级了，可我们班呢，至今连分担区的任务都无法承担，这就是差距。"

同学们齐刷刷地像木偶一样点头，个个对老师的言论表示高度的赞同。

老师停顿了一下，又说："差距，差距，因为有了差距，我们就应该想办法缩短差距，这次男生拍卖会的目的就是解决这个差距的问题。"

老师一连说了五个"差距"，她说话时有重复某个词语的习惯，目的是加深印象。

是呀！这就是差距。八班有一大半的人各科不及格，能干活有什么好？这应该也是差距，却被老师忽略了。

班主任讲完后，班长李薇拉开始讲，她讲了拍卖会的原则，之后，拍卖会正式开始。

我们每个男生都要搬个椅子坐在教室的前面，而且手里还必须拿着写有号码、姓名、体重和干活的能力（体力值）的牌子。

我忽然感觉我们七个人好像囚犯一样，坐在前面，牌子上写的也不是号码什么的，好像写的是诸如"某某抢劫犯，判十年"、"某某盗窃犯，判二十年"、"宁不悔杀人犯，死刑"……有趣，我们都忍不住想乐，可李薇拉和班主任都用明察秋毫的目光制止了我。

教室后面的女生齐刷刷地看着我们，嘲笑声有之，讥笑声有之，有的女生还用手指着我们几个男生相互议论，大多数女生都交头接耳，脸上不同程度地呈现出诡异的笑容。

不知道是哪个女生忍不住笑出了声，全班女生随之是一阵爆笑，李薇拉看着我还笑出了眼泪。真是不可思议，可恶的扫把女生（这是我对李薇拉的昵称）。

接下来，李薇拉向女生们介绍我们几个男生干体力活的能力。该轮到介绍我了，我告诉自己不要笑，可是听到李薇拉的介绍，我真的有点忍不住了。她是这样说的："宁不悔，体重五十千克，体力值三十，打水时打晃，故可称为无劳动能力，曾逃避值日十九次。"刚说完我就哈哈地大笑起来，笑得在椅子上晃来晃去，女生们看我就像看精神病病人一样。

接下来，各组长开始点名拍卖男生，拍卖的筹码是由各组的组员募捐上来的钱款，每组的金额都是一百元，拍卖所得的钱都上交到班长那里保管，作为一项奖励基金，如果被拍卖掉的男生表现好，就有机会得到奖励。

激烈的拍卖开始了，女生们开始激烈竞买男生，女生组长们竞相站起：

"我出三十。"

"我出三十元八角。"

"我出三十一元。"

……

没想到一向傻呆呆的阿笨狗在这次拍卖中竟然成了主角，由于他老实、忠厚、人高马大，所以成了各小组竞争的焦点。

一组的组长站了起来："我出四十元。"

二组也不示弱："四十二元。"

三组："四十五元。"

四组由于没有在关键时刻喊出高价，可爱的阿笨狗同学被三组抢走了。

这时，三个小组里都买到了两个男生，各组组长也都兴高采烈。

我向四周一看，还真把我给剩下了。天哪！我怎么会被剩下呢？大多数女生开始在下面窃窃私语，几个回到座位上的臭小子也在笑话我，因为此时除了班主任以外，坐在讲台上面的人只有我了。虽然我学习很好，虽然我自以为很聪明，可是，可是，但可是，可但是，为什么没有人要我呢？

我有些无地自容，有种天塌下来的感觉，不禁低下了头。李薇拉征求四组的意见："四组，现在只剩下了宁不悔，你们想不想要?"

"不要他，他是个大懒虫!"不知道哪个女生喊了一句，我的心好像被针狠狠地扎了一下。

四组那边开始讨论起来了，是要我还是不要我，我的心里乱七八糟的。

这时，我听到有脚步声慢慢地向我走来，我不敢抬头，我知道我完了，我真是个废物。

脚步声近了："老师，我们组要他，如今男生这么短缺，有了总比没有强。"

我抬起头来，站在我面前的是扫把女孩——我的同桌李薇拉，我感动得差点哭出来。

我和她一同回到了座位上，拍卖会终于结束了。门开了，吹进一股凉风，我的头脑清醒了许多。

3.神秘的礼物

事情不知道怎么会这么巧，第二天又是我们组值日。我收拾完书包，扭头便朝门外跑。忽然想起来我好像是忘了什么东西，便转身回去，突然感觉脚好像被绳子绕住了一样。我愣在了原地，不知道说什么好——我看到屋里所有四组的女生都在全力以赴地干活，教室里响着她们拖地、搬动桌椅的声音。

我有点自惭形秽，转念一想不干就是不干，还是跑吧！我不是已经和阿笨狗说过吗？我转身就要迈步，以为李薇拉还会像以往一样大声地喊住我，可是教室里谁也没有说话，尽管谁都知道我的存在，谁都知道我是想跑，可她们为什么不喊住我呢？

这时，李薇拉吃力地拎着一桶脏水从我的身边走过。我一把抢过水桶的一边，李薇拉抬起头看我，我们四目相对。她什么也没有说，我也没有说，我们就立在那里。我使了一下劲，李薇拉慢慢松开了拎着水桶的手。

"还是我来吧！"水桶一晃，脏水溅到了我的脚面上……

次日是全校的清雪运动，全班同学都出动了。我走在最前面，四组的女生们跟在我的后面，我本来是不想干的，但是我不想让别人笑话我宁不悔，就是为了报答李薇拉的收留我也应该好好干。寒风刺骨，但我心里很闷，不知道在和谁较劲，低着头，只知道拼命地扫雪，忘了自己没有戴手套。回到教室时，我才发现右手红红的，并感到钻心而发烫的疼痛，我知道手被冻坏了。我不敢让人看到，怕被人笑话，就偷偷地跑到药店买了冻伤膏。

我不想被那些女生瞧不起，也不想让她们知道我的手冻伤的事，只有手奇痒无比的时候，我才会想起往手上抹药，但我一般是在没有人时，躲在角落里抹。

我的手被冻得发紫，为了不让大家发现，我只好整天都把手插在衣袋里，即使在教室里，我也是保持着这种被人称为"酷毙了"的姿势。

我不甘心自己让人看得比阿笨狗他们差，他们为什么那么受女生的欢迎？而我不就是少干了点活吗？有什么了不起的？

我边这样想着边往班级走，路过楼上的其他班级门口时，分别有不少男女生站在门口冲我笑，我回头看他们，他们又把头缩了回去。

我有点迷糊，但基本上能猜到原因，由于我是个大懒虫，在拍卖会上，竟然一文不值，被人家一个女孩勉强收留，这事肯定被一些可恶的家伙传出去了。嗨！反正近些年来，关于我的笑谈也不少，我也不在乎多这一条了。于是，我依然昂首挺胸地穿过走廊，尽管我的手奇痒无比，但我还是咬紧牙，因为我对什么事都是满不在乎的。

教室里，阿笨狗和白球鞋一些人由于在前几天的拍卖会上一时间成了抢手货，所以又是唱歌又是跳舞的。他们以前一向是罚站族，可现在却成了班级的英雄、女生的宠儿，我真的不服。

我气呼呼地坐到椅子上，却听到"啪"的一声，天哪！不知道是谁在我的座位上放了一个大气球，我没看到，一下子就坐破了。

我大喊："这是谁干的？"

　　几个小子立时没有了声响，一哄而散。我低下头，惊奇地发现地板上居然有一张小纸条，好像是刚才从那个气球里飞出来的。我捡起纸条，发现上面还写着字——"如果是好汉，就在明天下午六点到教室来一趟。"字迹是打印的，真是什么花招都有，竟然有人向我挑衅。去就去，我又不怕你们。

　　可是第二天，我却有点犹豫，去还是不去呢？如果有陷阱可怎么办？最后还是下定决心去吧！看他们能怎么样？

　　我大步流星地走向教室。教室的门紧关着，里面一片漆黑。我放慢了脚步，我知道他们常用的手段，会在教室门的上面放一盆水，我才没有那么傻呢！我慢慢向前移动，猛地一脚将门踢开，可是门上并没有什么掉下来，而我却因用力过猛而扭了脚。我走进门里，灯"哗"地亮了，整个教室都亮了。

　　教室里有许多人，阿笨狗、白球鞋还有四组那些收留我的女生。李薇拉站在我的面前，手里拿着一个精美的盒子。我目瞪口呆，不知道如何是好！

　　"这是送给你的生日礼物，也是欢迎你加入到我们中间的见面礼。"李薇拉把盒子递到我的面前。我一时不知如何是好，这才想起来，今天是我十七岁的生日，可我却不记得了。而她们怎么记得这么清楚呢？我真的不知道如何是好，真的好感动啊！

　　我打开盒子，里面竟然是一副蓝色的棉手套。手套柔软而温暖，我想不起来要说什么，扭头朝门外跑去。这是我第一次接到同学送给我的生日礼物。

　　阿笨狗喊我："到哪儿去？外面还在下雪！"

　　我扭头对他说："我请你们吃糖炒栗子，再堆个雪人送给大家……"

4.我是世界上最幸福的人

　　我再也不逃避值日了，相反我爱上了值日，因为在这一天里会有很多的女生向我投来笑脸，这种笑脸是我以前从来没有看到过的。特别是李薇拉，长发妹再也不拿着扫把追我了，当然我也不跑了。但我总是忘不了拍卖会上的事。

　　这天，我正在背一篇课文，忽然有个女生告诉我说班主任有请。我顿感不安，不知道老师的葫芦里又卖的什么药。不管是什么药看看就知道了，我来到老师办公室后，老师冲我一笑，说："一会儿班会上见吧！"

　　"班会？老师，你们不是又要拍卖我吧?"我惊讶地说。

　　"当然不是了，到了班会上你就知道了。"

　　"可以透露一下吗?"

　　"不行，绝对保密。"

　　班会上，班主任从夹子里拿出了一堆的小纸条，她依次摊开，然后逐一阅读：

　　"他真的是太过分了，一次又一次地逃避劳动，自以为学习成绩有点进步就了不起了？真丢人！真应该拉到校门口斩首示众。老师，你应该管管他了，别以为和校长的女儿同桌就可以什么事情都不做!"

　　"他那傲慢的样子真是气死人了，还以为男生少就可以当班级的皇帝了，一点风度也没有，也不知道自己几斤几两！还是搞一次拍卖会吧！看看有多少人喜欢他！"

　　"他总是让我帮他值日，那天他又要让我替他值日，我答应了。总拿别人当傻子，大不了我以后不再抄他的作业了！"

　　"他坐在教室前面的样子真的很可怜，毕竟我和他同桌一场，我不拯救他谁来拯救他呢？我想还是我们组要他吧！主意是我们出的，还是由我们来收场吧！"

　　"那天，我们值日，看样子他又要跑了。可是出乎意料他没有跑，我们全组的女生都商定，谁也不叫他，看他怎么办！没想到当我拎着桶走过他身旁的时候，他竟然抢过了我的水桶。第一次发现原来他是那么可爱……"

　　"他的手冻伤了，很严重。那天放学后，我去教室里拿东西，当时，同学们都走光了，我刚走到门口就看到他一个人在屋里，往手上抹东西，他的手红红的，是冻伤……"

　　"他上课的时候总喜欢把手插在衣袋里，他应该是不想让别人知道他冻伤了，至于什么原因，我不知道……"

　　"我们决定给他一个惊喜，因为今天是他的生日，他连自己的生日都忘了，我们买了一副棉手套送给他作为生日礼物，希望他的手早点痊愈……"

　　"当他捧着一大堆冒着热气的糖炒栗子站在我们女生面前时，我发现他真像一个可爱的孩子……"

　　老师依然在念着小纸条。我的眼睛湿润了，我并没有被同学和老师遗忘。阿笨狗和李薇拉在不远处向我微笑，我也笑了，我觉得我是

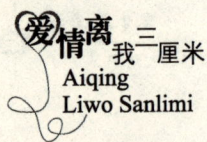

世界上最幸福的人。

　　窗外，又下雪了，一片片晶莹的雪花划过窗子，我的手碰到了那副李薇拉她们给我买的棉手套，很柔软，很温暖，看来我们又要共同堆一个新的雪人了！

Chapter **7**

迷失在大头贴里的小妹妹

1.我和大头贴小妹的奇遇

我怎么也没有料到，自己会因为大头贴而卷入一个不可思议的事件中。

大家都知道，男生女生都很喜欢照大头贴，并把那些印有自己头像的小纸片挂在钥匙链或贴在某个地方，其实这是很正常的事情。可是，单小刀做的事情就不正常了，因为他这个粗心大意的家伙竟然把自己和阳阳（小刀的女友，我班一女生）的大头贴合影带在身上，并不幸被老师发现了。

那天，他上讲台擦黑板，为了在班主任心目中留下他不朽的形象，他伸长脖子拉长手臂挥舞着，像一只大猩猩趴在黑板上。由于他的动作太夸张，不慎将身上的一张纸片弄落在了地上。当时老师比较闲，对他较为留意，所以看到小刀身上有纸片落下时，也想在同学面前表现一下老师的风度，便弯腰把纸片捡了起来。

在老师捡起纸片的时候，班里突然发出"啊"的一声惊叫。

我们回头一看，原来是阳阳。这时，大家也都看出老师手中拿的是一张大头贴。

小刀擦黑板的手也停了下来，坐在我旁边的李薇拉小声说："不至于吧？不就是一张大头贴吗？"

"那不是一张普通的大头贴。"我小声说。

"这不是一张普通的大头贴。"老师站在讲台上重复着我的话，并把大头贴的正面对着我们，让我们看。

我和李薇拉的位置比较靠中间，我只看清大头贴上有两个小小的人头，不知是谁。李薇拉近视，看了半天什么都没看到，一个劲儿地问我："那是什么啊？"

坐在前排的学生发出一阵嘘声，站在讲台上的小刀也吓得脸色惨白。老师展示了一会儿大头贴后，说："单小刀、阳阳，下课后到我办公室来一下……下课！"

下课后，单小刀和阳阳乖乖地去了老师的办公室，被老师狠批了一顿。回来的时候，小刀的脸拉得比拖布还长，阳阳哭了。

他们回来后不久，老师就来了，对大家进行了一番思想教育，特别说了大头贴的事，还说什么严禁男生和女生照大头贴。

老师说话的时候，阳阳一直坐在座位上哭，单小刀也趴在桌子上好一会儿。下课时，单小刀的双眼红红的，大家猜他也一定哭了。

下课后，我们都去安慰这一对倒霉的小情侣。单小刀说："她竟然欺负我女友，如果她是男的，我非揍她一顿不可。"

"你别生气，听说过一阵子我们要换男老师。"我胡乱地说。可是，我没想到，一年后，我们班真的换了一个男班主任，那就是米星希。

李薇拉她们几个女生去安慰阳阳。女生就是好，安慰别人时，可以用手抱着对方，还可以给女生擦眼泪，若换了男生，人家不误认为gay(同性恋)才怪。

单小刀说阳阳还有一个月就要转学了，两个人照个大头贴是为了将来想念对方时可以随时看到。毕竟大头贴比较容易随身携带，不像照片那样惹眼。

不想这件事却被班主任发现了，这令阳阳非常害怕。若是别人，班主任发现后，顶多批评几句就完事了，学生心里也不会有什么负担，但是这次不同，阳阳转学的那所学校的班主任是我们班主任的同学，而且还是好朋友。阳阳怕我们班主任把这件事透露给她的那个同学，如果那样的话，新班主任将对阳阳有不好的看法，阳阳以后的日子也不会好过的……

我一向是个富有正义感的人，我说："我们应该为阳阳做点什么，改变老师对她的看法。"

"好啊，我赞成。"李薇拉说。

"大家有什么好的办法？"单小刀说。

"要改变老师对阳阳的看法，首先要让她知道小刀和阳阳照大头贴这件事是合理的。"李薇拉说。

"合理的？男生女生照大头贴不是早恋是什么啊？"陈汐汐说。

"为什么男生和女生就不可以照大头贴合影啊？这不公平！"阳阳哭着抗议。

"也许这是老师第一次在班里看到男生女生照大头贴合影吧？其他班级没有出现过这种大惊小怪的事情，听他们说，老师对此已经习以为常了。"

"那我们不如也让班主任习以为常？"李薇拉说。

"说说！"我说。

"我们班的男生女生都去照大头贴吧，然后搞个大头贴展览，前提必须是男生女生的合影！！"李薇拉双手交叉地握着，好像很有把握的样子。

"老师不会把我们一顿狠批吧?"单小刀说。

"你这个胆小鬼,什么东西泛滥了,人们就不会感到好奇了!"陈汐汐说。

"好的,就这么决定了。为了阳阳,周末全班同学去照大头贴,愿意去的请举手。"李薇拉说完,全班同学都举起了手,之后是一阵热烈的掌声,特别是那几个早就蠢蠢欲动的男生,因为他们早就巴不得和自己喜欢的女生照大头贴合影呢!

周末,我和李薇拉很早就约在维也纳音乐广场见面,一同去照大头贴。

照大头贴的地方位于一座商厦的底层,有很多学生情侣都拉着手在照大头贴的机器旁边忙碌着。李薇拉和我走得很远,四处寻觅空位子,她走得很快,我就走在后面欣赏沿途络绎不绝的美女。后来,不知道怎么搞的,我只能看到大头贴机器下面露出的一双双美腿,竟找不到李薇拉了。我记得她穿的是一条深蓝色牛仔裤,便决定按裤找人,逐台机器找深蓝色牛仔裤。

没想到这招还真灵,我还真找到了她。认出那条深蓝色牛仔裤后,我决定给她一个惊喜,就突然把身子也钻了进去,还大叫一声:"总算找到你了!"

在说这话的时候,我已经把上半身伸进去了,像一只把头伸进帐篷的骆驼。之后,便听到一个女生刺耳的尖叫:"啊!"

我这才看清,里面穿深蓝色牛仔裤的女生不是李薇拉,而是一个高个子、大眼睛的漂亮女生。她尖叫之后,一张大头贴从机器里滑了出来,上面是她惊异的表情和我黑乎乎的头顶。

女生伸手去拿那张新的大头贴,弯腰时一本相册掉在了地上。我把相册捡起来一看，上面竟然全是她的大头贴，更令人不可思议的是，她的这些大头贴上的动作我感觉很眼熟，很像某个明星。还有，我在翻看大头贴的时候竟然发现里面有李薇拉——这个女生和李薇拉的合影。

我不禁惊呼："李薇拉！"

"你认识她？"女生愣愣地望着我。

"是的，她是我同桌。"我说。

"哦，你就是那个……"女生开始莫名其妙地笑了起来。

"你和李薇拉认识？"

"当然了，我们不仅认识，而且关系还非常非常的好。"

这时，李薇拉突然也钻了进来，她探着头问我："宁不悔，你在叫我？"

原来李薇拉早就听到了我们说话，还故意藏起来。她看着我说："怎么？你们聊得还挺热乎哦，很熟吗？你可不要打我妹妹的主意哦。"

"没聊什么啊！你们熟才对哦。我刚才吓着她了，还没来得及向她道歉呢！"我发现李薇拉正目不转睛地看着我，搞得我很别扭。

"没什么了，我真没有想到你常说的那个……原来就是他。"女生看着我突然捂着嘴笑了起来。

"李薇拉，你在背后说我什么了？"我问她。

"没什么，以后告诉你。介绍一下，这是我邻家小妹宁小错。"

我和宁小错握手，李薇拉说宁小错平时最大的爱好就是照大头贴，她每个星期都会来照，用大头贴来记录自己的情绪变化。

之后，我们三个站在靠窗的位置聊天，班里的同学陆续而至，纷纷挤在机器后面等拍大头贴。后来，李薇拉和宁小错跑到一边去聊天，边说还边看我，两个人不时发出令人匪夷所思的笑声，搞得我只好走开，躲避她们两人的视线。

不一会儿，李薇拉出来借我的手机，之后，我看到她又走回去把手机给宁小错看，宁小错看着手机又发出一阵笑声。女生真是奇怪，一个普通的手机有什么好笑的。

又过一会儿，李薇拉出来对我说："宁小错想认你做她哥。"

"啊？我做她哥？怎么会选中我？"我说。

"痛快点，人家等着呢！"李薇拉催促着。

"太突然了吧！好吧，白捡个妹妹有什么不好，我同意。"我从不在李薇拉面前示弱。

"爽快！她认你做哥是有原因的，等我把她叫来！"

李薇拉把宁小错叫来，让我们说出自己的生日，结果我们的生日是同一个日期，只是她比我小了三岁。不仅如此，我和宁小错的手机最后六位尾号也是相同的，都是506070。

天上掉下个小错妹妹，我真是有点措手不及。虽然很高兴，心里却很没底，因为我不知道这次李薇拉打的又是什么主意。

宁小错把我和她刚才错照的大头贴拿来，一个抬头一个低头，还真有点兄妹的味道啊。

临分开时，李薇拉告诉我说，明天宁小错会去班里找我有事。

我这才知道，宁小错所在的初中就是我们学校的初中部，就在我们班楼下，我的座位垂直下方就是她的座位，听起来挺邪门的。

2.为了妹妹客串家长

第二天，我们刚下课，单小刀就在教室门口伸长脖子喊我："宁不悔，你妹妹找你！"

妹妹？由于当时我的精力太集中于漫画书，抬起头时跟个傻子差不多，哪里还记得昨天自己还认了个妹妹。这时，我看到宁小错正站在教室门口向我摆手："哥哥！我来了！"

班里的男生女生顿时发出一片嘘声，我身后一女生恶狠狠地说："这么小的女孩你也追？"

我不理她，笑脸欢迎宁小错。

宁小错看到我，很高兴地说："哥，今天有事求你，你下午有时间吗？"

"下午？有啊！什么事？说吧！"

"可以帮我开家长会吗？我父母都不在家。"宁小错怯生生地说，"只有这一次，我实在找不到别人了。"

"你是不是犯什么错误了？"我试探地问她。

宁小错点点头，伸出一个小手指："一个小小的错误！"

"不就是一个家长会吗？爽快点吧！"李薇拉不知道什么时候已经站在了我的身后。

"好的，我同意去！"我感觉自己说这话的时候都没有经过大脑思考。

宁小错非常高兴，许诺周末请我去她家吃饭。

这天下午，我准时来到了宁小错的班级。教室里已经坐满了家长，我找了一个靠窗的空位置坐了下来，身边是一个二十多岁的漂亮女孩，我猜她也许和我一样，也是客串家长吧！

她表情很严肃地坐着，手里拿着个小本子，不时地记着什么。由于距家长会开始还有一段时间，我便对她产生了好奇心："你也是学生家长？"

"当然了，不是学生家长怎么会坐在这里？"她整理了一下散落在肩上的长发，双眼认真地看着笔下的字。

"哦，开家长会真是无聊！真不知道这些老师是怎么想的！"我抱怨着。

"你是这个学校的学生吧？"女孩转过脸专注地看着我说。

"哦，这个，应该算是！我来参加我妹妹的家长会！"

"这样啊，我也是参加妹妹的家长会。你妹妹叫什么？"

"宁小错！我叫宁不悔。"我深知和美女说话时要把自己的名字带上这个道理。

女孩点点头，嘴里念着我的名字，并在纸上写了下来。

不一会儿，一个四十多岁的中年妇女走进了教室，走上讲台，之后，她翻开本子，开始点名，点到名字的学生家长要喊到。

全班学生的名字都点完了，我却没有听到身旁的这个女孩喊到。

我很奇怪，问她："老师怎么没有点你妹妹的名字啊？"

"可能是忘记了吧！"她无精打采地说。

之后的一段时间，老师开始大讲学习道理，大讲学生成绩如何下降，讲得我昏昏欲睡。

女孩仍然在写着什么，我闲得无聊就和她没话找话："你的字写得很漂亮啊！"

"是吗？呵呵，乱写的。"

"哦，你是学生吗？"

"算是吧。"

"高中？"

"我毕业了，听我妹妹说宁小错最近很不正常。"

"有这种事？"

"当然了。"

"那我回去可要好好管管她，谢谢你提醒我！你喜欢上网吗？"

"每天都上网的。"

"有 QQ 吗？如果有，可以告诉我你的 QQ 号码吗？"我历来都是以收集美女的 QQ 号为乐的。

"这个嘛……"她停顿了一下。

这时，我听到讲台上的老师说："在家长会就要结束之际，我向大家介绍一下——我们的新班主任蓝雪莹老师。"

接着，令我目瞪口呆的一幕出现了，我身旁的女孩竟然站了起来，对所有的家长说："大家好，我是蓝雪莹，从今天起，我将接替吴老师，成为新的班主任。"

班里响起热烈的掌声，我坐在原地，不知道如何是好。家长会散会的时候，蓝雪莹站在讲台前面，说："宁小错的家长请到我的办公室来一趟。"

我有点无地自容，静悄悄地跟在蓝雪莹后面，心里十分后悔。而更令我后悔的是，她竟然和我们班的班主任在一个办公室里。班主任看到我，很惊奇："宁不悔，你怎么来了？"

"我？蓝老师找我有点事！"我支支吾吾地说。

老师点了点头，没有再问下去。不一会儿，她接了一个电话，就离开了办公室。

蓝雪莹摆弄着桌子上的本子，低着头说："刚才还滔滔不绝，现在怎么不说话了？"

"呵呵，我真不知道你竟然是老师！"我说。

"没关系的，我们说说宁小错的事吧！你真的是她的堂哥？"

"是的！"

"那你可要对她负责哦，她的父母经常出差，家里只剩下她一个人。最近，她的学习成绩下降，经常逃课上网吧，照大头贴，她父母给她的零用钱，都被她用来照大头贴了。"

"她照那么多大头贴做什么？"我有点不解。

"据说是上网做相册，她经常把自己的大头贴传到网上，她还建立了一个什么明星相册，都是她模仿明星的姿势照的。"蓝雪莹说。

"我以后会劝她的。"

"你在高一（4）班？"

我点头。

"好的，以后有事情，我会直接到你们班找你的。还有，你刚才不是问我的 QQ 号吗？给你，你可以给我在网上留言。"蓝雪莹递给我一张纸条。

我接过纸条时脸烫得厉害，只听到办公室里的其他几位认识我的老师发出几声窃笑。恰在这时，李薇拉走了进来，她诧异地看着我："你怎么在这里?"

"参观一下老师的办公室!"

"哦……"李薇拉一头雾水,后来又好像理解了一样,点点头。

我是和李薇拉一同走出办公室的,走出去以后,她笑得很夸张:
"你是不是也把蓝雪莹当成美女来追了?她是新来的,年龄比你也大
不了几岁,你可以追的!"

"你还有心思开玩笑!都是你干的好事,弄个妹妹给我。现在人
家老师还要我承担教育宁小错的责任,我自己都没个样子,怎么可以
去教育别人呀!"

"这就要看你的了,你已经答应做她的哥哥了,男子汉要说话算
数哦。"

"好的,我知道了,我会把宁小错改造成一个听话的孩子。"我说
到这里时,发现宁小错正站在楼梯口那里,悄悄地流泪。

3.伤心大头贴

宁小错看到我的时候，擦了擦眼泪跑掉了，我和李薇拉追她也没有追到。

"她为什么会哭呢?"我问李薇拉。

"也许她听到了蓝老师和你的谈话，所以哭吧!"李薇拉独自走在前面。下楼的时候，她突然一转，进入了走廊。

"你去哪儿?"我说。

"去宁小错的班里看看!"李薇拉说。

我们来到宁小错的班级，同学们说她背着书包跑掉了。很显然，她又逃课了。

下午体育课，我和李薇拉偷偷地溜了出来。由于上次照大头贴的时候遇到了宁小错，我和李薇拉因此没有拍成大头贴，于是，我们就又来到了拍大头贴的地方。

今天拍大头贴的人很多，我刚走进去，就看到一个女孩在机器旁边走来走去，仔细一看，竟然是宁小错，她的身边还跟着一个瘦瘦的男生。

我想叫宁小错，可是被李薇拉拦住了。她拉我走进一台机器，开始照我们两个人的大头贴合影。我照的时候总是傻傻地笑，李薇拉就说："和我照大头贴很好笑吗？"

"不是。我只是认为这样照很有结婚照的感觉哦！你不要板着脸嘛，搞得像食堂卖饭的阿姨似的。"我抬着头，李薇拉把头扭向一边，一张别具一格的大头贴就这样出炉了。

"不和你这个猪头理论了，快点照，不然，宁小错一会儿就要走了。"李薇拉说着也调整了一下情绪，两个人随之照了数张"结婚照"。

我们走出机器的时候，看到宁小错还没有走，她身边的那个瘦男生依然在。

他们两个人手里正拿着一大沓大头贴，反复挑选后，男生拿着一些比较好的走了，宁小错站在原地。

我和李薇拉都很不解：男生走了，宁小错为什么不和他一起走呢？

这时，宁小错正好转身看到了我们，她很惊讶："你们怎么来了？"

"照大头贴呀！看看我们的'结婚照'怎么样？"我把刚照好的大头贴递给了宁小错。

"好啊……薇拉姐姐的表情好严肃哦！"宁小错说。

"有吗？我对自己的形象很有自信的。"李薇拉说，"刚才那个男生是谁？"

"他是我的网友，在网吧做网管。他帮我把大头贴扫描后上传到我的网上电子相册里。"

"你为什么要上传那么多呢？而且还要模仿明星的姿势？"我说。

"这个嘛，很容易理解啊。女孩子都想当明星的，可是，我现在是学生嘛，不能当明星，模仿一下明星的造型也不错哦！我很像的。"说着，宁小错就摆了一下 SHE 中任家宣的造型，确实很像。

"可现在是上课时间啊！小错，你的父母要是知道你不上课会很生气的！"我说。

"呵呵，父母？他们不会管我啦，也无法管我了。"宁小错恶狠狠地说。

"为什么？"李薇拉很惊讶。

"过一阵子你们就知道了。哥，我听你的，我现在就回学校去上课。"宁小错说着就背起书包往门外走。

李薇拉都看傻了，她小声说："她很听你的话呀。"

"当然了，我是她哥嘛！呵呵！"我感觉自己很有成就感。

宁小错刚走出门，就背对着我站在了街上，高仰起头，双手捂着鼻子，并大声喊着："哥，你快来帮我！"

我跑到她面前，吓了一跳——她的鼻子正在流血。李薇拉连忙找出面巾纸来帮她止血。

在回学校的路上，李薇拉一直扶着小错，小错紧紧地拉着我的手臂，三个人像芭蕾舞里的小天鹅一样迈着相同的步子。此刻，我真实地感受到了做哥哥的伟大哦。

快走到学校门口的时候，宁小错突然哭了，她说："我在这里还能待多久啊？"

"你会一直待到毕业啊！"

"毕业？也许等不到了吧！我的时间不多了！"宁小错的眼泪顺颊而下。

"时间不多了，什么意思？"

"医生说我在这个世上还能活一年，因为我得了白血病。"宁小错说。

"什么？白血病？"李薇拉跳到小错面前，双手摇着她的双肩。

"是的，医生确实是这么说的。"

原来，两个月前，由于生意太忙，宁小错的父母一直没有回家。一天夜里，宁小错看完电视以后准备睡觉，刚走到床边，鼻子就流血了。此后两个月中，她的鼻子经常会流血，于是，她就偷偷地去医院做检查。结果，医生头也不抬地说："你还能活一年。"就这样，宁小错被判了死刑。此后的一些日子，她经常精神恍惚，上课精力分散。这时，她在一本杂志上看到关于大头贴明星模仿秀的介绍，于是，她就开始每天去照大头贴，她模仿那些明星的姿势，感觉自己似乎真的成了那些明星。她还制作了电子相册，使很多网友都可以看到她。这样，她才可以感受到生命的乐趣，并刺激她更加投入地去照大头贴。

我和李薇拉听了宁小错的话，都没有说话，三个人静静地走进了各自的教室。

放学的时候，很多同学都把前一阵子照的男女大头贴合影交给李薇拉过目。最近，由于宁小错的出现，我们竟然忽略了单小刀和阳阳的大头贴合影事件。现在，虽然大家都已经照了大头贴合影，但是怎样才能够让老师接受这种现象，让她习以为常呢？

李薇拉问我，我沉思，未果。我心里想的只有宁小错。

过了好久，李薇拉突然兴奋地对我说："我想到好办法了！"

"什么办法？"

"我们举办一个大头贴展览会怎么样？把宁小错的大头贴也要来，加上班里同学的，让全校老师和学生都接受大头贴。这样既可以帮阳阳，又可以让宁小错高兴。"李薇拉说。

"好的，我赞成，但是我不太相信宁小错说她有白血病的事呀！

这种罕见的疾病怎么会那么轻松地患上呢?"

　　"是啊,我也怀疑这件事。会不会是医院的检查结果出了问题? 我们该帮小错再查一查。"李薇拉煞有介事地低下头,几缕长发缠绕在她雪白的脖子上,好像也在思考啊。

　　"好的,我配合你。我筹备大头贴展览会,你去帮小错查明真相。" 我说。

　　"一言为定。"

4.大头贴模仿秀展览会

　　我把班里所有同学照的大头贴都收集到了一起，还把小错的大头贴也都拿了过来。小错听说搞大头贴展览会，非常兴奋，一直不停地问我："哥，这是真的吗？哥，这是真的吗？"

　　我点头说这一切都是真的。

　　她激动得哭了，拉着我的手臂说："哥，如果我死了，怎么办啊？如果我死了，你把这些大头贴也烧掉吧！"

　　"笨蛋，你怎么会死啊？不要听医生瞎说，对了，你有医院的化验单吗？"

　　"没有，留在医生那里了，化验单上也没有写白血病，而医生却说是。"

　　"哦，这里面一定有问题。"我把小错的话告诉李薇拉，这更坚定了我们最初的猜测。

　　大头贴展览会所需的大头贴收集完整后，李薇拉就去向老师请示这件事情。老师听了，很赞同，对李薇拉一顿夸奖。她并没有以为我们会在大头贴里做手脚，就一口答应了。

　　为了保险，李薇拉还亲自去请示了她的校长爸爸。在校长那里，她讲出了宁小错的事，希望他可以给小错一个展示自我的机会。校长大人很开通，他认识小错，知道小错是个不错的女孩，就答应下来，并决定把大头贴展览会的地点设在学校图书馆里面的一间空房子里。

得到了班主任和校长的认可,同学们的热情都很高。每天放学后,大家都会轮流去收拾那间屋子。当大家得知小错患的是白血病时,都很同情她,也更坚定了大家举办好展览会的信心。

经过班里的几名才女反复推敲,最终把大头贴展览会的主题命名为:"大头贴里的爱和青春——献给白血病女孩宁小错。"

宁小错这个名字瞬间在全校传开了,大家都为我们能为一个白血病女孩做这些而感动。

展览会当天,图书馆里的那间房子差点被同学们挤爆了,为此,我们班做出了限量限时参观的决定。尽管如此,来看大头贴展览的同学仍然排起了长龙。

一些校领导和老师也充满好奇地挤入长龙中,当然,我们班主任也在其中。

其实好奇心只是一部分原因,更重要的是他们想拍校长的马屁,毕竟这是校长女儿开的展览会嘛!

当班主任和一些老师走进去时,我和李薇拉的心立刻提到了嗓子眼。李薇拉小声对我说:"班主任要是看到我们做的和她想的不一样,发起火来,那可怎么办啊?"

"不会的,这么多人,她不会轻易发火吧,她很爱面子的。"

李薇拉似懂非懂地点点头,我和她跟在那些老师后面,也走进展览会现场。

当班主任看到班里男女生的大头贴合影时,她停住了,脸立刻变成了猪肝色,双眼恶狠狠地盯着那些男女生合影。我看到她在喘气,后来,她实在忍不住了,就大喊了一声:"李薇拉!过来一下！！"

李薇拉听到班主任喊她的名字，当时就吓傻了，低着头，一动不动。后来，班主任又喊了一声，李薇拉这才缓过神来，慢腾腾地走向班主任。

班主任伸出右手的食指，嘴翕动着，像一头食草的奶牛。她好像要发怒，并有训斥李薇拉的企图。结果，她刚要张口，却被一个人的声音阻止了——那人说：真有趣哦！这个班的男女生真能折腾，照这么多合影也不嫌累也不嫌烦，这大头贴有什么好的呢？

说话的这个人是副校长。班主任一直是最惧怕副校长的，自然变得哑口无言。

李薇拉笑眯眯地对班主任说："有事吗？老师！"

班主任生气地摆了摆手，李薇拉乘机从众老师的人墙中溜了出来。

班主任对着全班男女生的大头贴合影愈发专注起来，站在那些大头贴前仔细端详。这些大头贴中，就有单小刀和阳阳的合影。老师看着看着，好像心里起了变化，用手摸着后脑勺上的几缕头发不言不语。

后来，不知道哪个老师说了一句："男女生照大头贴合影算不上什么啊！"班主任听后，条件反射地点了点头……

我们的计划成功了。

大家把目光集中到了宁小错身上，都怀疑这么健康的女孩怎么会得白血病呢？特别是宁小错的班主任蓝雪莹，也有点怀疑，但后来好像又肯定了。

她快要走开的时候，对我说："这就是你说的对宁小错的改变吗？"

"算不上改变，我只是对她有了更多的了解，你没有发现她最近很少逃课了吗？"

"她最近确实变化很大，幸亏她遇到了你，没有迷失。可是，她怎么会得白血病呢？我前几天还教训过她，我……"蓝雪莹老师说不下去了，眼泪一滴一滴滑落出来。

"我也没有做什么，我想她不会迷失的，她照大头贴并在网上制作相册，只是想让大家都记住曾经有一个叫宁小错的女孩，留给这个世界美丽的印迹吧！"我把纸巾递给了蓝雪莹，她说了声谢谢，悄悄地退出了人群。

这时，李薇拉用手捅了捅我的手臂，小声说："那边的几个男生好像有点不对头哦！我们去看看吧！"

"好的！"我抬起头，看到在大头贴展览板那边，几个男生正在对宁小错的大头贴指指点点，交头接耳，还不时发出一阵坏笑。我和李薇拉悄悄地凑到他们旁边，终于听清了他们的谈话。

"真没想到那个清纯惹火美眉竟然叫宁小错，还在我们学校呀！"一男生说。

"是啊，真是太惊奇了，我原来还以为是港台或者南方的小姐呢！"另一男生说。

"她的照片怎么会上那种网站呢？难道是她自己主动放上去的？"又一男生说。

"你们说的那种网站是什么网站啊？"我终于忍不住插了句嘴。

"一家色情网站，是通过电子邮件发到我们信箱的，什么中奖什么的，后来，我们打开网站一看，原来是色情网站，而且在网页上还看到了宁小错的大头贴照片。"

"啊？你确认那是宁小错？"

"当然了，你不信的话，我可以把网址写给你。"男生拿出笔就给我写。

展览会结束后，我和李薇拉拿着男生给的网址去上网，果然登录了那家色情网站，并在主页上看到了宁小错的照片，照片的下方写着"极品清纯美眉"。

我们打电话给宁小错，并把这件事告诉了她。她上网看后也搞不懂自己的照片怎么上了色情网站？

这件事很重要，我们立即给国家互联网举报中心打了电话。

几天后，那家网站被正式查封。又过了几天，报纸上登出一条关于我市查封大型色情网站的消息，主犯是一个二十多岁的大学毕业生，报纸上还有那个人的照片。

李薇拉一眼就认出了那个人，我也想了起来——那个年轻人就是上次我们看到和宁小错在一起的那个男生，那个小错说是网管的人。原来，小错给他的大头贴都被那个家伙弄到了色情网站上。

李薇拉深深地叹了口气："千万不能随便给别人照片，即使是最熟悉的人。"

"你这话是什么意思？不是在说我吧？"我说。

"宁不悔真是越来越聪明了，既然你明白，我就不说废话了，明天你把所有我和你照的大头贴，或者班级合影的，都给我送回来吧！我要坚决保护自己的肖像权。"李薇拉说话时敲了两下我的头。

"呸！都还给你，我不留着！那么高档的网站不是什么女生的照片都能放上去的，你也不看看自己的条件！"我说。

"乌鸦嘴，不理你了！我还要去医院帮宁小错查白血病的事呢！"

"去吧去吧！查完了别忘记告诉我，我要上网去玩 QQ 游戏了！"

"好好玩，别轻易和女生视频，否则你也会被人家抓图上色情网站的。"

"我上网的网吧没有视频！"我说完就向着网吧的方向大步走去……

5.眼泪和微笑的二重奏

两天后，李薇拉终于从医院查到了一点眉目，她兴高采烈地对我说："我查到那个说宁小错是白血病的医生了。"

"查到医生有什么用啊？到底小错有没有得白血病啊？"

"我想应该是弄错了吧，因为那个医生本身就有问题，而且他现在已经不在那家医院上班了。"

"不在医院上班？去哪儿了？"

"被辞退了，据说是大脑有问题，因为他给病人看病的时候，不管遇到谁都会头也不抬地告诉对方'你得白血病了'！"李薇拉把手放到了我可怜的耳朵上，抚摸着，并学着医生的口气说，"宁不悔小朋友，你得白血病了！"

"真有这等事？看来宁小错有希望！"

"不是有希望，是她根本就没有病。那家医院的其他医生说，刚开始大家没有发现那个医生有问题，因为那个医生最初只是偶尔地说一句'你得白血病了'，后来，演变成整天说这个，而且还有病人举报他，医院这才发现，真不知道有多少无知的人还深陷在白血病的恐慌中。"李薇拉抬起头，望着天空，一副忧国忧民的样子。

"我们赶快把这个好消息告诉宁小错吧！"

"好的。"

我们突然想起了今天是周末，宁小错根本就不上课，而我和李薇拉也只是上午有课，下午也放假。

"这样吧，我们去宁小错家找她吧！她家就在我家对面，很近的。"

"好啊，顺便去你家玩！"

"那是当然。忘了告诉你，我家的电脑上有视频，你可以好好玩一回了。"

"真的？那还不快走。"我真是意外，李薇拉总是给我一个又一个的惊喜。

我们很快来到了宁小错家，按了几声门铃后，一个面容憔悴、脸色苍白的中年妇女为我们打开了门。她看到李薇拉，淡淡地说："是拉拉啊！进来吧，小错在她自己的屋子里。"

我们推开小错的门，看到她正坐在床边哭泣。李薇拉刚坐下，小错就抱住了她，大哭起来："爸爸被抓起来了，他们说他走私。我不相信，我不相信爸爸会做出那种事来！"

原来，小错的爸爸因为走私被公安局抓了起来。以前她的爸爸不管她，现在她爸爸连自己都管不了了。

我们劝小错不要伤心，李薇拉还把白血病的事告诉了她。

她不相信，一直在摇头，说我们在骗她。

没有办法，我们只好带她去另一家医院，又做了一次检查。检查结果是她很健康，根本就没有白血病。

知道是虚惊一场后，宁小错脸上的愁云才慢慢化开，我和李薇拉也都有了如释重负的感觉。

在回家的路上，宁小错依然拉着我和李薇拉的手臂，用力地晃着，她把我们的手臂当成了健身器械。

中途，李薇拉去买冰激凌，小错小声对我说："哥哥，我想告诉你一件事。"

"什么事？"

"还记得照大头贴的那次偶遇吗？其实，那天我和你的相遇并不是偶然的，我一直想有个善良可爱的哥哥，可却始终没有找到。后来，拉拉姐姐经常提起你，说你是一个非常非常善良的人，我又得知你和我的生日是同一个日子，就有了想认你做哥哥的念头。因此，才有了那次照大头贴的相遇。为了这个，我还特意换上了和拉拉姐一样的牛仔裤，那天，她是故意躲起来让你找不到的，没想到她设计的这次奇遇真的圆了我找哥哥的梦，而且，你还让我找到自己的方向……"宁小错刚说完，李薇拉就回来了。

李薇拉怀疑地望着我，说："你们刚才是不是说我的坏话了？"

"没有啊，我只是把那次和哥哥相认的事说了！"宁小错低着头，红着脸。

"啊？我还准备拿这个秘密吊宁不悔的胃口呢！这下完了！"李薇拉显得很失望的样子。

"没关系，我还要谢谢你呢，让我捡了一个有趣的妹妹。你还想吊我胃口？那可不容易了，现在，妹妹已经和我站在一起了！"我说完就哈哈大笑起来。

"别笑得太早，否则你会后悔……"李薇拉故作深沉地威胁我说。

"宁不悔从来都不会后悔，就像宁小错以后会很少犯错一样。"我说。

"是啊，我们是兄妹！"宁小错笑了起来。我好久没有看到她笑了，我以为她早已失去了笑的能力，现在看来，我错了。

Chapter **8**

"票贩子" 史记

1.“盖世太保”的恩赐

我和李薇拉说吴老师坏话，并在课堂上画他的漫画这件事没有人知道啊，怎么会传出去？

即使是画吴老师的漫画本，我也是藏在最隐秘的地方，班里根本就没其他同学看过，我更没有把那本漫画借给过李薇拉！

是班里那些可恶的家伙告密？不可能！单小刀他们绝不会那么不讲义气！那吴老师为什么找我呢？

我带着这个问题走进了被喻为"集中营管理处"的学生科，"盖世太保"吴老师端坐其中。

见我进来，吴老师走到门口带上门（这有些反常，以往都是他用表情示意我们去带门的），并对我笑了笑（我的天哪，他为什么对我笑呢），然后才拉出他办公桌上的一只抽屉，拿出一个纸包递到我面前。我看了看吴老师那一反常态的笑脸，又看了看眼前的纸包，心脏几乎要跳了出来，难道他拿到了那本我污辱他的漫画集？

没办法，别说是漫画集，就算是一枚炸弹，此刻我也得勇敢地接受。我小心翼翼地打开那个纸包，仔细一看，竟是一大卷学生电影票，足有一百多张。

"我找你来就是为了这事，我打算把这些票交给你来卖。"吴老师的口气温和得令人吃惊,简直和他平时查班级纪律时的样子判若两人。果然,事出有因。吴老师告诉我这些电影票是学校对面那家电影院的。

原来,电影院不景气,几乎谈不上什么票房,因此,经理便找到校长,希望学校能帮着代卖一些。因电影院是学校的关系单位,校长不好意思推辞,又不好意思亲自出面,就下派给了学生科长。科长也认为不好出面,便下派给了吴老师,这样一来,重任就顺理成章地落到了我头上。吴老师让我趁此机会和广大学生接触,可以学会与人相处,是一个锻炼自我的好机会。

电影票的票价是三元,电影院只收二元成本,剩下一元由我支配。不仅如此,卖票还有免费看电影的待遇,同时还美其名曰:电影宣传员。

我一向手头拮据,连个冰激凌都很少给李薇拉买,害得李薇拉经常在替我抄笔记时抱怨我是个吝啬鬼。这个送上门的好机会哪能错过? 况且,我怎能驳吴老师的面子呢(虽然他没有强求),在重点高中里,能和一位老师套上关系是多么光宗耀祖的事情啊!

于是,我当即就答应了他,第二天去影院办理工作证。

我出了学生科就去找李薇拉,李薇拉听到这个喜讯后并没有流露出欣喜的神情,只是冷冰冰地说了一句:"悠着点儿,两全其美的事并不多见。"我清楚她的意思是要我别太张狂,但这并未打消我的兴奋。

回到班里,单小刀他们一窝蜂的围住我,问长问短,他们得知我被吴老师请去"喝茶",以为我会凶多吉少,没想到我是咧着大嘴回来的。问我为何如此美滋滋的,我始终缄默不语,大家猜我不是疯了就是傻了。

当晚,我憧憬着财源滚滚来的浩大场面,激动得半宿没睡。

2.有执照的"票贩子"

我遵照吴老师的指示去找电影院经理办工作证。经理得知我的来意后，亲切地与我握手，开始滔滔不绝地向我介绍最近的几部大片。工作证("票贩子"的执照)办好交给我后，又给了我数十份的电影介绍。一切装备发放完毕后，我就成了名副其实的"票贩子"，经理鼓励我好好干，如果业绩突出，影院将会给予我经济上的奖励。

回到学校，经过一番筹划，我决定先从我的同类——各班篮球队入手。我假借班篮球队长的名义找到他们，张口便是："为了更好地促进打篮球运动，为了丰富篮球队员的课余生活，把篮球队员紧密团结在队长周围，更为了解决男生枯燥的业余文化生活，学校将给学生提供看电影的机会……"然后再将电影介绍塞给他们。

后来，我又通过学生科检查班级卫生的同学在检查时将电影介绍发放到各个班级。当然，每份介绍后面都写上我的班级、姓名、电子邮件地址、QQ号码，以便联系。

不到三天，我卖电影票的事便在校内传开了，我的名气也像赵薇一样在全校迅速提升。

中午，在食堂，李薇拉对我说："没想到你这么快就成了名人，你知道班里的女生都说你什么吗？"

"我又没犯法，能说我什么？"

"说你投机倒把！赚学生的钱，将来会找不到女朋友！"

"叫她们说去吧！卖电影票怎么可以和女友扯上关系？看人家有了好差事就眼红！"忘了说明一点，我们这所"名校"除盛产高才生和美女外，还盛产长舌妇。

不过，李薇拉的话还是让我有些不安，如果她们都这么看我，那我的票谁来买呢？卖不出票我算什么票贩子！

整整一天我都心事重重，单小刀安慰我说万事开头难，第一次做生意与第一次到女生寝室送花同样富有挑战性，这是一个极好的锻炼机会。后来，我趴在桌子上睡着了，梦见李薇拉提出不和我做同桌了，她考上了大学，而我却落榜了，她喜气洋洋地走了，我却痛哭流涕地喊她的名字，她对我说："你已经像你的电影票一样，成了废纸一张。"

什么？我成了废纸一张，这太刻薄了吧！我正欲和李薇拉争辩，单小刀推醒了我，我周围还围了一群嬉皮笑脸的男生，说有美女找我。我揉揉睡意蒙胧的眼睛，走到门口一看，果然是一个比李薇拉还漂亮一百倍的美女笑盈盈地站在那里。

我抑制住自己的兴奋走出教室，假装漫不经心地问那女生有什么事找我。这时我才发现走廊里竟有七八个美女，其容貌在超出李薇拉二百至五百倍之间不等。

"一百倍"的女生小声对我说："听说你这里有票，我想买点……"之后，"两百倍"和"三百倍"女生纷纷掏钱给我，其他女生也向我伸出了握着钞票的小手。原来她们找我只是为了买电影票，这多少让我有点失望（其实我还能希望什么呢）。不过，我的一番心思终于没有白费，我的电影票已经开始脱手了，这不能不令我高兴。我掏出电影票一张一张撕给她们，然后，她们的人民币也一张一张地进了我的钱包。

一次出手十五张票，净赚十五元呀！

回到教室，班里这帮臭小子一阵哄笑，并且一个个凑到我的跟前，对我甜言蜜语。原来，他们也想买票却没有钱，还厚着脸皮跟我讨价还价，有的竟然提出赊账这么无耻的要求。他们以为是我的朋友就可以找便宜，没门儿！这要传出去，我以后的生意可怎么做呀？公事公办，不合理要求我一概回绝。

不久，我明确地在电影介绍中写明：电影票票价低廉，票款当面点清，概不赊账，请各位朋友免开尊口。

3.战绩辉煌

随着国内几部大片的上映，买票的人也与日俱增，我也忙得不亦乐乎。有时上课我都在心里默默数钱，并多次假借上厕所的名义去厕中数钱，周末则一头扎进电影院大饱眼福。想约李薇拉去看电影，她却借口要学这学那。也罢！独自看又何尝不可！

由于我把自己的大部分精力都奉献给了卖票这项伟大的事业，积劳成"困"，导致课堂上经常鼾声阵阵、呓语连连、口水四溢。老师起初苦口婆心地劝我，见没有效果，便大发雷霆，骂得我狗血喷头。她骂我，我也不甘示弱，就说这一切都是学生科吴老师的主意，如果你不愿意，就去找吴老师去。她一听吴老师，便没有声音。再告诉大家一个秘密，学校里的老师只要听到"学生科"几个字就"麻"，就像明星听到税务局来收税了一样。

单小刀那帮家伙在提出数次不平等条约未果的情况下，决定与我分道扬镳，同班的兄弟因为电影票成了我同班的仇人。这样也好，大家独木桥阳关道各走一边，省了许多麻烦。李薇拉算够意思，除书本外，从不与任何有生命的物体进行亲密接触，和我也是若即若离。老天保佑，只要她能和我继续做同桌就算万幸喽！

然而，据我所知，我在学校大部分学生中仍是好评如潮。不然，怎么能在不到两个星期的时间就把两百张电影票全部卖光了呢？除去为了拉拢极个别者（当然是能帮我大量销售电影票的人），白送了几张电影票以外，我净赚了一百八十元。同时，我还发现了一个可喜的现象，那就是，走在学校中，我的回头率及向我行注目礼的人数都明显上升（都是女生）。

我把电影票成本钱送还经理，他高兴得脸上的山沟沟都变成了一马平川，当即又掏给了我两百张新票。

4.我依然是红人

等到我好不容易才做通李薇拉的思想工作，她答应和我一起去看电影《我的父亲母亲》时，我的那两百张电影票已经卖得只剩下二十张了。

我是没心思再看电影（我已看过五遍了），只想和李薇拉交流交流这段时间的感受。谁想李薇拉对我的话置若罔闻，只顾着用像章子怡似的大眼睛目不转睛地看着电影中傻瓜般奔跑的招弟，还夸张地边看边掉眼泪，气得我真想一头撞死。

后来，李薇拉终于说话了。她告诉我现在学生们对我极其不满，有人已经知道我在票价上做的文章，说我是财迷，黑心肠，甚至有人要打我一顿出气。这让我多少有些扫兴，不过为了不破坏李薇拉的好心情，我答应她把最后这二十张电影票卖完，就去辞职。

李薇拉意味深长地看了我一眼，然后幽幽地说："那要等到什么时候啊！算了，宁不悔，同桌一场，我能说的能做的我都已经尽力了，你自己决定吧！"我心里一惊，她该不是不要我了吧？

李薇拉并没有再说什么。电影结束时，李薇拉平静地走出电影院。深秋的风吹得李薇拉一阵哆嗦，我急忙脱下自己的夹克披到李薇拉的身上，李薇拉没有拒绝，也没有说"谢谢"，她的反常愈发让我心里没底。

回到班里，我的那帮兄弟还没有回来，平时拥挤吵闹的班级一下子空旷安静得出奇，我孤独得有点恐惧。唉，其实就是他们回来了，我也是孤家寡人一个。自从卖票后，所有的人都背弃了我，远离了我。想起这些，我的心里不免泛起阵阵凉意。

我喜欢在班里午睡，即使班里那些家伙号叫着进来时，我也不为所动，整个人处于半梦半醒状态。

第二天上午，有人来买票，我才从怅然若失中彻底清醒过来。我无精打采地把手伸到夹克里去掏票，摸了好半天，才发现电影票不在兜里，可钱仍好好地放在那儿。

我打开书包，翻了个底朝天仍没个结果。我忽然想起昨天中午单小刀他们回来时的声响，对！一定是这些家伙干的！

果然不出所料，晚上这帮家伙就露出了马脚，他们居然大喊大叫说去看电影，还问我去不去，简直太猖狂了。我抓住单小刀的衣领要和他理论，他说他不知道是怎么回事，只知道有人请全班二十名男女生看电影，其他男生也这么说。这话鬼才信，可他们人多势众，我只好作罢！

我没有证据，只能看着他们大摇大摆进了电影院，我在门口监视了一个小时也未发现为他们"出血"的人。

又气又火又冷又饿，当晚我就感冒了。第二天是星期五，我来学校来得很早，教室里只有我一个人，桌子上有一张纸条：

"宁不悔，昨天在外面冻坏了吧！电影票钱如数奉还，但，票可不是我们偷的。以后不要再在男厕里数钱了，那里不卫生。回到我们中间来吧！全体同学。"

翻开书桌，二十张票钱一分不少，我的心里一热。

　　我把两百张票钱送还给经理，并提出辞职。他大吃一惊，恳求我继续干，还承诺给我工资，但我毅然辞职。

　　统计一下，这段时间卖电影票共赚了三百四十六元。恰巧学校此时正组织为特困生捐款，我毫不犹豫地将钱全部捐出，就让它取之于民用之于民吧！我比校长捐得还多，名字被写在红榜顶端。

　　我又一次成了红人。

5.李薇拉的三件事

几天后，李薇拉主动找到了我，说要请我看电影。

在去电影院的路上，我扔掉了我画吴老师的漫画。老师年纪和我爸爸差不多大，我却画漫画取笑人家，真是不应该。

在电影院里，李薇拉告诉我三件事。

第一，那二十张电影票是她偷的。在我请她看电影的那天晚上，她从我披在她身上的夹克里拿的，她只想让我早点辞职，免得落个千夫指、众人骂的下场。

第二，吴老师其实并不希望我卖票，他也是没办法。如果我推辞，他也不会勉强，谁料我竟那么贪财！

第三，李薇拉对我说：我们永远是好同桌，她也是我的好朋友，不要担心她会不和我做同桌。

吴老师早在一个月前就找过李薇拉谈话，他误以为我和李薇拉在谈恋爱，他说我和李薇拉都是比较优秀的学生，对于这种事老师不便干涉，由我们自己解决会更好。后来，发现我们确实是清白的，而且他还问过校长，校长赞成李薇拉和我在一起。

李薇拉与我还是要好的同桌，这是我没有料到的。其实，自始至终我们都很好，纯洁得如一块水晶。

　　我问电影票的事，李薇拉说那二十张票是大家买的，并不是她一人所为，要谢就谢大家。

　　电影还是张艺谋的《我的父亲母亲》，招弟依然傻瓜似的跑着、跑着……

　　我和李薇拉静静地坐着、看着、感动着……

Chapter **9**

我和我的小偷女友

1.我是她偷来的

在遇到朱米米之前，可以让我寝食难安、朝思暮想的女生只有一个人，她就是我的同桌李薇拉。我暗恋李薇拉半年有余，却从不敢向她说出口，就连男生们和我开玩笑，我都是避而远之，只字不提，只说我和李薇拉是同桌。每次男生逗我时，李薇拉若是从教室门外进来，我就会假装上厕所或者抱着篮球跑出教室，我怕见到她我会脸红。我曾经在大脑资料库中寻觅了多部港台电视剧表白场面，却没有一个可以适用到我和李薇拉身上。我和她可以无话不谈，却从未谈过感情的事，站在友情和爱情的中间，我左右为难。因此，我日夜承受着内心的煎熬。

在许多男生大呼小叫喜欢李薇拉的时候，我只有默默地走在校园里，出没于网吧中，厮杀于传奇世界，游荡在校园里的每个角落……就在这期间，一个叫朱米米的精灵女生突然魔鬼般出现了，她的出现令我寝食难安、手足无措、哭笑不得。

她是我们隔壁班的，却经常借故跑到我们班来，跟我套近乎。在校园中，她会在离我近二十米的地方就向我招手，右手伸得直直的，在头顶左右摆动，口中还大呼我的名字，既像僵尸，又像一个月台上接站的大嫂。在食堂，即使我们的桌子上有八个人，她也会全力以赴挤进来,成为第九个就餐者。一般在这个时候都会有一个人自动退场,那个人就是我。

我不知道如何摆脱她,对她简直无计可施。奇怪的是,晚上做梦我竟然会经常梦到她——一个梳着两条小辫子,个子不高,笑的时候会露出两颗小虎牙,喜欢伸长手臂向我招手,满脑子精灵古怪,热情好动的女生。

我尽力躲开她,她却总是会在我最不想看到她的时候出现在我面前。

这天,我正在教室里午睡,睡梦中感觉有个凉凉的东西碰到了我的脸上。我从梦中醒来,睁开眼看到的是一只巨大的眼睛正看着我,好像还戴着眼镜。可是瞬间过后,我真是气得五脏俱裂,那挡在我面前的不是什么眼镜,而是一个高倍的放大镜,放大镜的后面是那个讨厌的朱米米。

朱米米把放大镜拿在手里,笑嘻嘻地说:"没想到你的眼睫毛真的好长哦!"

我说:"不是我的眼睫毛长,是你的放大镜倍数高,多短的眼睫毛你这么看都会变长。"

朱米米笑嘻嘻地点头,坐在我的旁边:"有件事求你,希望你可以帮我。这件事直接关系到我下个月是否有生活费的问题。"

我摇头,不答应她,我知道她根本不会有什么好事。

朱米米说:"这件事办成了,你也有好处的。而且对你的奖励肯定会令你出乎意料的。"

无聊的下午,无聊的学校,无聊的朱米米。好吧!反正无聊,不如问是什么事。

"在我哥哥面前假装我的男朋友！"

我再次摇头，我从来不喜欢假装别人的男朋友，因为我觉得这是比任何事都无聊的事。

情急之下，朱米米向我说出实情。她哥哥对她每月的巨大开销忍无可忍，因此，她那英明神武的哥哥毅然决定：限制朱米米每月零用钱的数额，超出规定数额概不承担。

她找不出合适的理由，说明不了自己花钱多的原因，只好骗他哥哥说自己有了男朋友——一个父母双双下岗、无经济来源、靠助学金和社会捐助勉强上学的很穷很穷的男朋友。为了支持男朋友完成学业，她整日节衣缩食，无私地将每月的零用钱都给了男朋友。因此，花销自然捉襟见肘，身体也日渐消瘦（那是她恶意减肥造成的后果）。

我一听这话，立即将朱米米扫地出门，我这人平时最恨两种人——骗子和小偷。我不想成为朱米米这个小骗子的同伙，更不想因为她而毁坏我在李薇拉心中的良好形象。

晚上我去学校的微机房上网，走到微机房门口的时候看到台阶上坐着一个瘦小的女生，抱着双膝，下巴放在膝头，隐约可以听到她的哭声。当时天快要黑了，我看不清她穿的是什么衣服，只感觉那是一个可爱娇小、非常需要男生照顾的小女生。

我走到这个女生旁边时，她还在哭泣，我坐在她的旁边说："同学，你怎么了？"

我猜她肯定是网恋失败了，如今这种女生学校里满地都是，比没有女友的男生还多。

她听完我说话，竟神速地抬起头，伸长脖子，直视我的脸。

四目相对，我终于看清了她：老天，又是朱米米！

146

　　她双眼满是泪水，我不敢看她的眼睛，我怕自己会心软。我刚想离开，她竟突如其来地抱住了我的双腿，我打了个趔趄，差点摔倒。

　　朱米米死死地抱住我的双腿，她的小手环住我的小腿，凉凉的，给人的感觉痒痒的。

　　我无法走开，路过的学生纷纷向我投来滚烫的目光，他们似乎对这种奇怪的拥抱方式感到不解（抱腿这种方式实属罕见）。我不知如何是好，只能将脸歪向别处，使自己的脸错过光线，隐于黑暗的夜色中——这样即使熟人看到我，也不会看到我的脸，避免尴尬。

　　为了摆脱这种尴尬的局面，我终于答应了她，帮她解决眼前的难题。

　　朱米米把我带到了她哥哥的教室。我站在走廊里不敢进去，心突突地跳个不停，总感觉李薇拉在我背后望着我。朱米米用力拉了我一把，我才进去的。教室里有十多个人，我第一眼就看到了一个个子最高、身材最魁梧的男生，我猜他一定就是朱米米的哥哥。

　　那个男生对朱米米说："他就是你的男朋友？"

　　朱米米使劲点点头，此时她竟满脸笑容，脸上的泪水荡然无存。朱米米的脸部表情变化为何如此之快？我有种不祥的预感，该不是……

　　那个男生看着我，皱一皱眉，点点头，说："可是，你用什么来证明他是你的男朋友？"

　　此时，我的心突突地往外跳。朱米米双眼直视着我，含情脉脉，我斜着眼睛望着朱米米，心中大叫不妙：不会吧！！你想做什么？

　　我又转过头看那个男生，希望可以从那个男生的脸上找到答案。

　　就在我头部略微旋转的这一刹那，我感到脸颊一阵湿湿的感觉，耳边传出一声脆响，这响声分明是从我的脸颊发出的。

老天，朱米米吻了我！

那个男生笑了笑，走到我跟前，把一只手放在我的肩头："以后照顾好我妹妹，不然我饶不了你！"

2.小偷女友朱米米

那天晚上的事过后，我竭尽全力避免再见朱米米。我问单小刀他们该如何是好，他们几个说事已至此，只有顺水推舟，在不影响学习的情况下找个女朋友也未尝不可。可我还是感觉和朱米米交往具有一定的危险性，似乎前方已经布下了种种陷阱，危机四伏。

最后我还是决定与朱米米交往，因为我觉得这个梳着两条小辫子、个子不高、笑的时候会露出两颗小虎牙、满脑子精灵古怪的女生朱米米还是挺可爱的。

得出这一答案的主要原因是她的形象经常会突然出现在我的脑海中，并且总是赖着不走，还经常深入到我的心中企图安营扎寨。在我犹豫不决时，总会想起我和她相识后遇到的种种事件……

朱米米没事的时候就和我泡在一起，陪我一起看书、吃饭、打篮球，在我下场的时候，她还会把毛巾和水递给我。我想这大概就是有女友的好处吧！

李薇拉看到我和朱米米在一起，仍是一副熟视无睹、漠不关心的表情，看起来没有一点变化，所以，我猜想李薇拉虽然能与我成为很好的同桌和朋友，但不能成为很好的恋人。也许她对我根本就没有那种爱的感觉，否则，她不会对我这样不管不顾。但是，她还是会经常

用手掐我的耳朵，对我大呼小叫，全然不把朱米米当回事，似乎她这样对我才感觉很有成就感。我终于醒悟过来，我再也不能受李薇拉摆布，我要全心全意对我的朱米米。

可是，最近朱米米的行为却令我担心起来。因为我发现了一件奇怪的事，我清楚地记得朱米米和我来到篮球场的时候两手空空，而当我下场的时候，她竟然魔术般递上了水和毛巾。我清楚地记得，在我打篮球的时候曾多次向朱米米坐的地方望去，每次望去，她都安分守己地坐在那里看球，并向我投以鼓励的目光。

我敢肯定，朱米米没有离开过篮球场！既然没有离开过篮球场，那毛巾和水她又是从哪里弄来的呢？

用毛巾擦完汗，喝了一口水，我发现这瓶水好像是新买的，盖子还很紧。

朱米米站在我面前痴痴地看着我，我说："不要总这样看着我，我会不舒服的！"

她不理我，望了望四周，看完后表情变得异常紧张，眼神游移不定，冲我吐出老长的舌头，小声对我说："我们走吧！！"

我疑惑地问："为什么？"

"不为什么，要你走你就走呗！"她有点急不可耐。我们刚要离开篮球场，一个男生就迎面向我和朱米米走了过来。我认识他，他是四班的篮球队长，和我关系不错。他看了看朱米米，严肃地说："这可是第二次了！"

我不解地问："什么第二次？"

篮球队长对我笑了笑，目光落在我手中的水和毛巾上，理直气壮地说："这都是我刚从学校旁边的超市新买的！我的东西！"

"啊？你的？"我很惊讶，惊讶的同时，我也想到这一定是朱米米做的好事。

"是的，你问朱米米就知道了。"他笑了笑。

"真不好意思，出现这种事情！"我说。

"没关系，我们都是哥们儿！"他十分爽朗地笑了笑，我的心里也释然了许多。

他又看了看朱米米："下次不许再偷我的东西了，水和毛巾算不了什么！但如果被我女朋友看到，你可就要倒霉了！！"

我无地自容，把水和毛巾往地上一扔，扬长而去。

世界上只有我最惨了，稀里糊涂当了人家的男朋友，结果却发现女朋友是个小偷。

3.偷来的情书

朱米米再三向我道歉，并把那个篮球队长找来说情，我这才原谅了她。她说那瓶水和毛巾只是借，不算是偷。我气愤地说，其实偷就是偷，为什么要说借？她看我真的生气了，就说："以后我不偷了还不行吗？"之后，她使出了"撒手锏"——眼泪和甜言蜜语。我最见不得女生的眼泪了，便只好同意原谅她，同时也证明自己不是小肚鸡肠的男生。

我原谅了朱米米，可我不能原谅自己，因为我知道朱米米确实是学校里的一名女偷。她的偷和别人不一样，按她的话来说，就是喜欢借别人的东西来用用，价钱一般不会超过五元。

学校里，谁丢了五元以内的东西都不会在意的，而且朱米米偷的都是熟人。

我希望她改，她嘴上答应，行动上却照偷不误，并将此作为游戏，乐此不疲。

有一天中午，我和朱米米坐在学校树丛边的长椅上看书，朱米米竟然从书包里掏出了一大堆信，我问她这是什么？

她悄悄地告诉我，是情书。而且这些情书的主人不是别人，正是李薇拉。

朱米米说出了她的作案经过。

朱米米非常喜欢观察女生，我想这也是大多数小偷的专业能力。她说最近发现李薇拉总是神经兮兮的，好像藏着什么。

有一天，朱米米又到我们教室找我，刚好我和李薇拉都不在，她随意看了一眼李薇拉的书桌，竟然发现李薇拉的书桌里有一大堆信，她随便翻翻，发现都是情书。于是她便顺手牵羊，将李薇拉的情书一扫而光。

朱米米说情书不是信，而且都是一厢情愿的，如果是私人信件便不能拆开，可情书不同。我才不信她的歪理论呢！

可是，我还是对给李薇拉写情书的这些人充满兴趣，因为我和她同桌，都没有发现她有那么多的情书。究竟这些情书里写的是什么，又是谁写的呢？

一天下午，我和朱米米来到一个比较安全的空教室，拆开了那些具有诱惑力的情书。

真是不看不知道，情书的内容太奇妙。

我们班上的其他六个弟兄，平时嘴上说什么喜欢李薇拉，没想到还真的都行动起来了，除了我以外，其余六位都给李薇拉写了情书。而且个个不同，各显神通，有的是抄书的，有的是抄别人的。好笑的是，我居然发现有两封一模一样的情书，这两封情书分别出自我们班里男生老二和老四。当然了，写情书的还有其他班级的男生。

情书中有约见面的，有请吃饭的，有请出游的，时间地点都写好了。真没想到李薇拉竟然这么受欢迎，难道因为她是校长女儿的缘故？

我和朱米米还发现了一个共同点：每个写情书的家伙都在情书的最后留下了自己的 E-mail 和 QQ 号码。

　　朱米米看着这些情书，气得咬牙切齿，她抱怨："为什么我就没有这么多情书呢?我一定好好治治李薇拉。"

　　她的目光中充满了仇恨。朱米米决定给所有写情书的家伙都各发一封电子邮件，具体内容是以李薇拉的名义同意对方的邀请，并与每个人定下了约会地点。为了把事情做得不过分又能出气，朱米米把约会地点定在了校园内，把邮件发给了三十个情书作者，将李薇拉下个月的日程排得满满的。

　　我想阻止朱米米，但一想到李薇拉，我又不知道为什么放弃了。

4.朱米米炮制的情书和约会

半个月后，事情发生了很大的变化。每天都有人找李薇拉，胆子小一点的是在操场上，胆子大一点的就直接冲到教室门口大叫李薇拉的大名。因为即使你是美女，即使你是校长的女儿，也不应该拿人家男生纯真的感情开涮，放人家鸽子。

传闻有一个男生得到朱米米假借李薇拉名义发的邮件后，从家里把父亲的一套价值三千元的高档西装穿上，后又买了九十九朵玫瑰，在学校操场最北面的大墙下站了三个小时。他没有等到李薇拉，却成了一群蚊子的丰盛美餐；没有得到李薇拉的爱情，却得到了蚊子们留下的十几个血红大包。

这个男生满脸伤痕地来到我们教室，将玫瑰扔在了李薇拉的脸上，还将她骂得狗血喷头。男生大叫着："校长女儿有什么了不起的，校长女儿就可以不尊重别人吗？"

当天，李薇拉委屈地哭了一夜，第二天上课时她的两只眼睛成了两个桃子。

我有点同情李薇拉，但不知为什么，却不想告诉她这一切都是朱米米做的。

我每天坐在李薇拉旁边，感觉自己有点对不起她。她以前对我那么好，我却和别人合伙捉弄她，难道这是爱情的魔咒?

那天，我问朱米米:"为什么把那个男生与李薇拉的见面地点约在学校最北面的大墙?"

朱米米狡黠地笑了笑说:"我曾亲自去过那里，因为在大墙的另一边就是一个大垃圾桶，蚊子多得不计其数。"

那个男生真的是好可怜啊!

李薇拉，校长的女儿，一个全校闻名的美女(我总是这样夸奖她，就像她总说我是全校闻名的赖皮男生一样)，在不到半个月的时间里被男生骂了不下十次。她也不再是我校男生追逐的对象了，曾经追过李薇拉的男生，包括我们班里的那六个兄弟都异口同声地表示看错了人，把曾经追过李薇拉当成了一种耻辱，认为当初对李薇拉的狂热，只是无知和幼稚的表现。他们说没想到李薇拉是这么一个没有良心、没有道德、不守信用、视男生如玩偶的女生。有的女生也和李薇拉反目成仇，更有甚者，竟然写信到老师那里，要求老师罢免李薇拉的班长职务。

李薇拉成了一个没人理的女生。

朱米米不再偷情书了，因为她告诉我说，李薇拉的书桌里现在已经一封情书也没有了。

虽然不再偷情书，但那些小东西她还是偷的，小饰物、果冻、口香糖、手机链、巧克力……只要是她和我在一起，我的嘴就不会闲着，头脑发昏时我竟然也会暗自庆幸，有这样一个女朋友真是不赖啊!

最近朱米米又学会了偷 QQ 号码，据她说，只要下载一个什么软件，就可以轻松得到对方的 QQ 密码。她学会这招后，最倒霉的就是给李薇拉写过情书的那些男生了，朱米米把那些男生的 QQ 号码几乎都给盗用了。可是只有一个人的号码她没有盗用，那个人就是在学校北面等李薇拉而被蚊子饱餐的男生。

朱米米看着那个男生的号码，自言自语道："多么专一的男生，真不忍心盗用啊！！"

她说这话的样子非常可爱，像一个自言自语的小女孩。我想她还是心存一份善良的，我越来越觉得朱米米是一个可爱的小女孩了，可是我并不爱她啊！我一直把她当成了我的妹妹看的。

朱米米看我发愣，问我："宁不悔，想什么呢？是在想李薇拉吗？"

我吃惊地看着朱米米："没有啊！我在想这次期末家长会，是我爸来还是我妈来！"

朱米米拉着我的手，深情地望着我说："我知道你和我在一起的时候把我当成了一个小女孩，你还在想着李薇拉，对吗？当然，李薇拉也很喜欢你！"

我很惊讶："李薇拉喜欢我，你怎么知道？"

朱米米慢慢地从书包里掏出一封信交给我，信封上赫然写着：宁不悔收。

"这是李薇拉写给你的情书，是我上次偷她的那些情书一并偷来的，不过，这一封我一直没有让你知道。因为我看了她给你写的情书，才决定收拾她的，当然还有别的原因。"

"啊？你怎么不早告诉我，还有别的原因？那是什么？"我说。

朱米米静静地说："去找李薇拉吧！她现在好像正在操场东面哭呢！我想我们还是做好朋友、好同学、好兄妹比较好！"

朱米米哭了，一滴眼泪从她白皙的脸上悄悄滑过。我伸出手擦掉那滴泪，湿湿的，像她第一次吻我的感觉。

我还是走开了，手里拿着李薇拉写给我的情书。

5.朱米米的秘密

我飞奔出教室,我知道朱米米的下一滴泪会随我的脚步应声落下,可是我还是要走,去找李薇拉。

我找到了李薇拉,她看到了我手里的情书,问:"我的东西怎么会到你的手里? 快还给我!"

我笑了笑:"它是从窗外飞进来的,我还没有看过。"

李薇拉很吃惊:"没有看过? 好吧! 不用看了,我晚上带你去一个地方,你会明白一切的。"

我和李薇拉躲在学校机房旁,看到机房台阶上坐着一个抱膝的女生。

李薇拉说:"那是朱米米!"

朱米米? 我十分惊讶。

一会儿,一个男生走到朱米米旁边,我猜他是问朱米米哭什么,接下来发生的,都是我所熟悉的。朱米米抱住了那个男生,随后那个男生跟朱米米走了。我和李薇拉在后面跟踪,到了一间教室,教室里有十多个人,其中有一个是朱米米的哥哥。

朱米米和那个男生站在一起,朱米米吻了那个男生,朱米米的哥哥把手放到了那个男生的肩上……

那个男生就是在学校北墙等李薇拉的那个痴情者。

李薇拉说："朱米米上次把你领到这里的时候，我一个好朋友的表姐就在场，看清了一切。那个男生根本不是朱米米的哥哥，朱米米曾找过那个男生，求他配合，扮作她的哥哥，来骗你，吓你！她不是恶意的，她曾说过，好男孩不会看上她这种类型的女生，更不会长期和她在一起，所以用这种方法，吓住一些胆小的男生。"

我不解："她原来这样对我，只是……"

李薇拉说："她是真心的，她曾说过她很爱你，也许她知道你们之间不合适。"

我掏出李薇拉给我的信，她说："信里写的就是我向你揭露朱米米骗你的事实，她是像偷东西一样把你偷来的。"

我想也许这就是朱米米所说的"别的原因"。

我说："里面没有写其他的吗？"

李薇拉笑笑说："你还是扔掉它吧！"

我有些着急了："为什么扔掉？那我们……你不知道我对你……"

李薇拉走出了几步，停住了，转过头说："这个问题我再考虑一下、考虑一下……"

李薇拉走掉了。我抬头看了看那亮灯的窗子，我知道朱米米和那个男生在一起。

我收起了李薇拉的信，我不知道说什么！是朱米米偷了我吗？李薇拉如果不喜欢我，那她为什么告诉我真相呢？朱米米和别的男生在一起，那我和她分别时她眼中的泪不是真实的吗？

我的眼睛也湿润了，不知道什么缘由。

Chapter **10**

校园版 "美少女战士"

1.第四个家教

　　我瞒着李薇拉做了一件事，这件事非常有趣，但我没有告诉她。事情是由李薇拉把她的第三个家教气走了引起的。

　　她把这事告诉我时，我一点儿也不惊讶。我叫李薇拉不要高兴得过早，第三个走了，还会来第四个的。李薇拉一想到青蛙脸女家教愤怒的表情，便乐不可支，忍不住要喷饭。青蛙脸完全依照李薇拉妈妈的意思行事，不让她接电话、看电视、画漫画，连上厕所还要请示三次，李薇拉实在忍受不了，就偷偷地把青蛙脸极其夸张地画在一张 A4 纸上，上书"李薇拉家的著名家教"，贴在小区的宣传牌上。结果青蛙脸的回头率在小区内达到了百分之二百，邻居们的窃窃私语声淹没了风声雨声读书声，气得青蛙脸两腮通红，蛙眼盈泪，愤然辞职了。

　　李薇拉气走青蛙脸的快感持续还不到一周，就被巫婆语文老师的"考试大魔咒"给折磨晕了。

　　我的预言很快就应验了，李薇拉的老妈又给她找了一个新的家教。一天放学后，李薇拉垂头丧气回到家，一进门便看到鞋架上多了一双陌生的鞋，李薇拉的心情更加沉重（她和我说，当时，她恨不得把那双鞋扔出窗外）。

妈妈见李薇拉回来，说："李薇拉，快来见见你的新家教！"

客厅沙发上一个穿着浅蓝色 T 恤，皮肤白净，有点儿像某个卡通人物的男孩站了起来，而随着他的站起，尴尬的一幕也出现了：身高1.66米的李薇拉居然高出男孩一点点，他的个子只到李薇拉的额头，要想看清李薇拉的表情，他需要仰视（夸张地说）。

李薇拉傲慢地俯视着这个比她矮的男孩，冷冰冰地伸出手："老师您好！我叫李薇拉，以后就叫我薇拉吧！"

男孩避开李薇拉霸道的目光，伸出自己的手，吞吞吐吐地说："我……我叫叶佳卫！"

"啊，叶老师你好！"李薇拉握住男孩的手。她说那只手的手心满是汗，热得不可理喻，不禁窃喜，这小子这么腼腆，对付他应该不成问题。

妈妈让叶佳卫坐下，然后向李薇拉介绍，说他是师大大四学生，全校闻名的高才生。李薇拉假装天真地目不转睛地盯着叶佳卫，叶佳卫则愈发紧张了。李薇拉断定，以她身高和美丽的优势，加上极具杀伤力的眼神，足以使叶佳卫产生强烈的自卑感，士气大挫。

妈妈叫李薇拉回到自己的房间，说和叶佳卫还有事要谈。李薇拉不情愿地回到自己的房间，透过门缝看到叶佳卫坐在沙发上不住地点头，她猜妈妈又在像以往那样宣布对自己的纪律了。她不清楚叶佳卫心里是怎么想的，是怎样一个人，但直觉告诉她，对付前三位家教的方法用在叶佳卫身上似乎不太合适。

2.与"夜礼服假面"过招

李薇拉把叶佳卫的事告诉了我，我提醒李薇拉，叶佳卫会不会是装出来给她看的呢？这种在女孩面前表现出一副老实面孔的男孩往往很难捉摸，很不好对付的，最好不要惹他。

"你看我，想说什么就说什么，多好啊！"我说。

"你啊？一点都不好，只知道看我的笑话。"李薇拉伸手掐我耳朵。

我看她不高兴，便告诉她一个特大喜讯：下个月月初，师大有个全市漫画展览，是一个漫画社组织的，那个社的名字叫什么"星堂"。听说国内顶级漫画高手的作品也会参展，十分精彩。那天正好是星期六，若能摆平叶佳卫一起去看最好了。

"好的，到时候再说。"李薇拉叹了一口气。然而，过了一会儿，她好像突然想起什么来，又偷偷地笑了一下。我问她笑什么，她小声说："我已经想到对付叶佳卫的办法了！"

"什么办法？"

"女生的办法……"李薇拉从书包里拿出一个小玻璃瓶给我看，我这才想到她的办法是什么了。

这天是周末，李薇拉早早地便从床上爬了起来，因为叶佳卫要来上课。她先把屋子收拾干净，等爸爸妈妈走后，李薇拉从化妆柜里拿出那瓶姑姑从洛杉矶给她买的香水，喷在手腕上，房间里也喷了许多，满屋子都散发着茉莉花的香水气味，让人透不过气来。

李薇拉下定决心，不管用什么方法，软硬都行，一定要把叶佳卫赶走。不然，下月的师大漫画展就看不成了呀！

门铃响了，叶佳卫如约前来。李薇拉一改那天冷淡的态度，笑盈盈地站在叶佳卫面前，请叶佳卫到自己的房间。李薇拉暗想，屋子里香水的气味快赶上煤气泄漏了，看你叶佳卫怎么办？

叶佳卫和李薇拉分别坐在写字桌的两边，叶佳卫认真地翻开外语书，好像什么都没有察觉到。李薇拉盯着叶佳卫的脸看了好一会儿，见他没有什么反应，就提醒叶佳卫："你没有闻到什么气味吗？"

"这几天有点感冒，鼻子有些不好用。哦！你是说屋里的香水味呀，很好闻的。别看我，快看书！"叶佳卫的脸严肃起来，显得一本正经。

李薇拉有些恼火，自己这一早晨的心机白费了。她挑衅似的对叶佳卫说："你知不知道我很烦你呀？"

叶佳卫把书放下，针锋相对："李薇拉同学，对于你前三个家教的事我有所耳闻，但是，我想我和他们不一样。首先，我不打算按你父母的意思监视你的一言一行，我只希望你能规规矩矩把课上好；其次，我尊重你的爱好，师大下个月有个漫画展，如果你能上好课我可以考虑带你去参观。我期待你的成绩能像你的个子一样高。"

"上完课，中午一起看动画片，OK？"叶佳卫用征询的目光看着李薇拉。李薇拉不好意思地吐吐舌头，唉，这个大男孩还真像个老师，暂时休战。

中午，李薇拉和叶佳卫一起看《美少女战士》，她这已是第三十遍看这个动画片了。李薇拉惊讶地发现，叶佳卫长得很像动画片里那个酷死了的"夜礼服假面"。

3.漫画展风波

虽然叶佳卫破例让李薇拉看动画片，虽然他同意下月带李薇拉去看漫画展，虽然他对李薇拉有种种"优待"，但李薇拉却对我说："这不过都是叶佳卫的糖衣炮弹而已，他最终的目的还不是让我学习学习再学习，从我老爸老妈那里赚取到可怜的一点家教费。"

李薇拉说她有时候挺同情这些家教的，可一想到他们的那副嘴脸和那些让人头大的课本，她的气就不打一处来，哼，不能掉以轻心，不能被他的假象所蒙蔽！

这天，李薇拉要叶佳卫去跟妈妈请示看漫画展的事。李薇拉知道，自己去那肯定是死路一条，叶佳卫去也很有可能碰一鼻子灰。李薇拉幸灾乐祸地把耳朵贴在门上，等着看叶佳卫的好看。结果令李薇拉大吃一惊，妈妈同意李薇拉去看漫画展且不带任何附加条件。李薇拉又惊又喜：叶佳卫到底和妈妈说了什么呢？

李薇拉问我，我也猜不透。李薇拉说我当初的话越来越对，这种看上去老实的男孩真让人伤脑筋，叶佳卫这人不可靠。

师大漫画展这天，在校园门口，我碰到了李薇拉和叶佳卫。我和叶佳卫不约而同地笑了，李薇拉有点莫名其妙："你们认识呀？"

我和叶佳卫都说不认识。李薇拉把我叫到一边问："你是不是有事瞒着我?"我忙小声解释:"他和你站在一起,喜剧效果蛮强烈的。"

"只因为这个!"

我点点头。

漫画展览会聚了全市中学生的优秀作品,极为精彩。不过李薇拉却有些分心,因为我和叶佳卫不时低声的交谈让她大为恼火。她后来说我有问题,嘴上说这个叫叶佳卫的家伙不可靠,还谈笑风生的。

我说:"男生要有风度的,即使两个人关系很不好,也不能表现出来的。"

李薇拉信以为真。

漫画展结束时,天空下起了雨。李薇拉闷闷不乐地坚持自己一个人回家,她对叶佳卫善意的挽留很冷淡地说:"对不起,叶老师,我不想欠你太多。"

4.善意的预谋

当天晚上，李薇拉被雨淋得发了高烧，无精打采地躺在床上，她不知道是醒着还是睡着了，恍惚中有人握她的手，好像是妈妈。

后来，叶佳卫来了。李薇拉隐约听到了他们的说话声，先是妈妈："这孩子昨天回来冲我大发脾气，她和你也发火了吗？真是对不起，过去也许我对她太苛刻了。"然后是叶佳卫："今天的课就不上了，下周我再来，离我毕业还有一段日子……"

李薇拉病好后，整天都不理我，不和我说话，也不交流漫画。她说我有事情瞒着她，好像我有什么阴谋似的（其实，这就是我瞒着她做的那件有趣的事）。对于上叶佳卫的课，她倒是像个好学生一样安安静静的，可她心里却一直痛恨叶佳卫。他曾经说希望她的成绩像个子一样高的话，李薇拉觉得这是对她极大的侮辱与鄙夷。

在李薇拉准备期末考试的时候，叶佳卫走了。李薇拉的父母都知道叶佳卫去了哪儿，李薇拉却没心思问，他应该是毕业了，爱去哪儿去哪儿！

叶佳卫走后的那个周末，李薇拉说当时她一个人坐在屋子里，面对着大大的穿衣镜，忽然发现自己并不是很美丽，高高的个子像个傻妞。她问自己：叶佳卫真的那么可恶吗？自己为什么不理宁不悔呢？

自己为什么不尊重那些家教的劳动成果？自己是不是一个很任性的女生？她忽然有些弄不懂自己。

期末考试过后的第二天，李薇拉问我："宁不悔，我的第四个家教走了，是被我气走的。"

"不！李薇拉，他毕业了，他去了他想去的地方！"我说。

"他毕业了？你怎么知道？"李薇拉很吃惊。

"其实，我和叶佳卫很熟。"我说。

我有些歉疚地告诉李薇拉事情真相：她的第三个家教走人后，李薇拉的爸爸，也就是校长大人，很为李薇拉着急，请我多劝劝李薇拉。于是我就把叶佳卫推荐给了李薇拉的爸爸妈妈，因为叶佳卫是我表哥。没想到他和李薇拉的妈妈很谈得来，于是就留下来给李薇拉做家教。不过叶佳卫做家教是义务的，他主要是为自己将来的工作增加一些教学经验。当然，李薇拉的一些情况我也提供给了叶佳卫，这也主要是为了让叶佳卫找到最佳的途径来帮助李薇拉学习。这些事我都是背着李薇拉的，因为李薇拉的妈妈坚持说如果让李薇拉知道了真相，怕她又拿出对付第三个家教的办法来对付叶佳卫。最后我告诉李薇拉说，叶佳卫说她是个好孩子，只是家庭教育方式有些过火。其实李薇拉已经够优秀的了，考上重点大学肯定不成问题。他还让我转告李薇拉，他会当一个好老师的，不做青蛙脸也不做巫婆，就做"夜礼服假面"那种。

李薇拉自嘲地笑了笑，却不知说什么好。

此后，李薇拉妈妈再也没有给她找家教，连说都没说过。李薇拉还给叶佳卫写了一封信，信中告诉叶佳卫她暑假参加了补习班，这次是她自愿的。还有，她和我和好了，像从前一样。

叶佳卫回信说："美少女战士"回到现实中来，相信前景一定更美好。

我看到他这封信时，不禁心生疑问：回到现实中来了？难道她以前如梦如幻吗？

表哥走后，一年多都没有回来。我很疑惑，他为什么像消失了一样，一点消息都不给我？

后来，我打电话给他，问他原因。

他吞吞吐吐地说出一句："美少女战士也是现实中人，也会对爱情浮想联翩。"

我突然明白了他的意思："难道说，她喜欢上你了？"

表哥只是呵呵一笑，挂掉了电话。

我站在原地足足愣了半个钟头。

Chapter 11

一件情侣衫的爱情约定

1.他们穿相同的情侣衫是巧合吗?

我发现李薇拉有心事,好像是很严重的那种,后来,我才发现她的心事与一件橙色情侣衫息息相关。

当初夏的太阳开始变得不可理喻时,我感冒了,在家躺了四天。我一直固执地认为李薇拉会来看望我,因为我是她最好的同桌,我相信她是喜欢我的。但事实证明我是自作多情,这四天里,她连一个起码的问候电话都没有打给我。

我来到学校,同学们都笑我是笨蛋,患了个小感冒就躺在家里,没有出息。而李薇拉却像变了个人一样,淡淡地问了我一句:"好点了吗?"

我说:"好多了,谢谢你!"

"如果你坚持不了,中午,我去替你打饭。"李薇拉面无表情地看着我。

我感觉很奇怪:"干吗这么客气啊?"

她没说什么,眼睛里好像有什么东西在动,似乎要哭的样子。我问她怎么了,她不说,我就去问单小刀。小刀说这几天李薇拉一直闷闷不乐,不知道是为什么。

下午上自习课,我闲着无事便趴在桌子上看李薇拉,我这才发现她居然换了一件橙色的 T 恤，非常漂亮。下课后，单小刀对我说："你发现今天李薇拉的衣服有什么特别的吗？"

"很漂亮，有什么特别啊？"我说。

"真是笨蛋，看来你是从来都不逛街啊。她穿的是情侣衫呀！"单小刀大惊小怪地说。

"情侣衫又怎么了？别神经兮兮的。"我和单小刀边说话边往楼下走。

这时，我看到楼下有个人低头跑了上来，穿着橙色的 T 恤。我以为是李薇拉，就拦住了她，喊她："李薇拉！"

那人很惊讶地抬起头，居然是个男生。我这才发现自己认错人了，他竟然穿着和李薇拉一样的 T 恤。

男生走后，单小刀用手指着那家伙的背影，说："就是这件哦，和李薇拉那件是一套的，情侣装。难道他和李薇拉在……"

啊？我差点傻掉，怎么会这样啊？原来李薇拉和那个男生恋爱？怎么可能？

没过几天，班里的同学已经传开了，特别是某些比较长舌的女生，纷纷议论那个男生。我也从班里同学的口中得知那个男生是六班的，全校有名的帅哥，女生心中的偶像。

李薇拉对此沉默不语，这更引起男女生们的怀疑。平时李薇拉和那个男生不怎么碰面，大家只知道他们穿情侣衫，没有更多情况。但是，有一天课间操却出现了令人惊奇的一幕。

我们班的队列和那个男生的班挨着，而李薇拉正好和那个男生站在同一排，两个人还肩并肩站着，情侣衫的视觉效果变得更为突出。在场的学生纷纷侧目，真是好奇妙的事情哦！就连站在办公室里的校长大人也看到了这么富于戏剧性的一幕。

课间操刚结束，李薇拉就被叫到了校长室。她回来的时候脸色凝重，大概是被她明察秋毫的老爸训了一顿。

可是，第二天李薇拉依然穿着那件橙色的情侣衫，我开始怀疑校长大人是否真的训过他的女儿了。更令人不可思议的是，六班的那个男生也没有换衣服，依然穿橙色情侣衫，好像是在故意告诉大家，他和李薇拉就是情侣一样。

不仅如此，李薇拉还做出了一个令人瞠目结舌的举动——辞去班长的职务。

老师同意了，而同学们却议论纷纷，谁也搞不懂李薇拉辞去班长的原因。我也不明白，就问她："干得好好的，为什么要辞掉？"

"只是想换一种姿态，做个平民也不错哦。宁不悔，谢谢你，是你让我当上班长的。"

"呵呵，谢什么，我们不是最好的同桌吗？"

"是啊，最好的同桌。"之后，她若有所思地点点头，开始用笔在纸上胡乱地写着什么。

我越来越发现李薇拉怪怪的，真不知道她在想什么。

下课后，我问她："如果我说我爱上了你怎么办？"

"那我告诉你，你去死吧！"

"如果我和单小刀都爱上了你呢？"

"那你就和单小刀一起去死吧！"说完，她嘿嘿地笑了笑，用手抓住我的耳朵，"以后不许再和我开这种玩笑。"

她笑，我也笑，只是感觉有点尴尬。我问这种问题是不是很傻啊？也许一直是我自作多情，她一直都没有喜欢过我，在乎过我。

　　这天放学，我和李薇拉同路回家。在路上我们两个人很久都没有说话，后来我说："你最近怎么变得这么沉默，是不是有事情瞒着我？"

　　"没有，真的没有。"我发现李薇拉把脸转了过去，她的手也随之在脸上挡了一下，好像哭了。

　　"六班的那个男生……和你穿同样的情侣衫呀！"我试探地问她。

　　"哦，我知道。这和我没有关系，我和他不熟。"

　　"那就好。"我说。

　　这时，一群男生从我们两人身边走过，那群男生中就有那个穿橙色情侣衫的家伙。他盯着李薇拉，其他男生发出一阵狂笑，还吹口哨。我骂了他们一句，他们并没有理睬，而是跑开了。那个穿橙色情侣衫的男生一直回头看李薇拉，好像要对李薇拉说什么。

　　我们班和六班一向不和，男生女生之间从来不说话，也许是由于学习成绩的差距，六班女生总是对我们班女生有一种仇视，但我万万没有想到这种仇视竟然会因为情侣衫事件而恶化。

　　第二天，我们班的门被六班的一个女生敲开。那个女生个子很高，脸上长满痘痘，气势汹汹的，班里的女生都知道她是全校有名的大姐大。她很不屑地说找李薇拉，李薇拉犹豫了一下，但还是走出了教室。我劝李薇拉不要去，她笑着摇了摇头，意思是没什么。

　　她走出教室以后，教室的门就自动地关上了。我突然有种可怕的预感，正在考虑是否应该也去走廊看一看时，走廊里突然传出嘈杂的吵闹声和女生的尖叫。

　　我心中大叫：不好，李薇拉一定是挨打了。

　　我疯了似的冲出教室，却看到了令人哭笑不得的一幕。

李薇拉正用手掐着那个女生的手腕，女生单腿跪在地上，脸上呈现出痛苦的表情，叫着："好疼，放开我吧！求你了！"

女生身边站了一群六班的女生，她们眼睁睁看着李薇拉对付她们的大姐大，却无计可施。一群男生在女生后面狂笑不止。

最后，李薇拉推了一下那个女生。由于失去重心，女生一屁股坐在了地上，之后，就很没有出息地哭了起来。四周的女生都对李薇拉投以敬畏的目光。

李薇拉咬着牙，很生气地说："想打我，没门！我们班的女生不是那么好欺负的。"

之后，李薇拉潇洒地回到了教室，班里同学用掌声欢迎她凯旋。

回到座位上后，李薇拉对我说，那个女生自称是橙色 T 恤男生何毅的女友（其实充其量是一个暗恋者），质问她为什么穿同何毅一样的情侣装，后来又说了好多恶毒的话，还伸手企图打李薇拉。幸好李薇拉眼疾手快，抓住了女生的手腕，并用全身力气一掐，女生顿时疼得咿呀乱叫。

"可是，她身边还有好多同学，她们为什么会袖手旁观？"我惊讶。

"你真笨，我又不是傻子，你没看到政教处主任站在男生后面吗？再说我是校长的女儿，这些女生不敢拿我怎么样。"

"聪明。你刚才那招从哪儿学的，能不能教教我？"

"那还叫什么招啊，你还不了解我，我根本就没有什么力气，那个女生的痛苦都是装出来的。如果政教处主任不在场，后果真是不堪设想。"李薇拉边说边擦额头上的汗珠，"真是吓死我了！"

"那就赶快把这件情侣衫脱掉吧，省得惹是生非。"我提议。

"呵呵，我就不脱，又能怎么样？我难道还没有穿衣的自由了？"

李薇拉大声地说。

"你不会真的是那个男生的女友吧?"

"这个问题吗? 以后再告诉你, 呵呵!"

"你要小心哦, 那些女生也许还会来报复的。"

"我正等着她们呢!" 李薇拉自信地仰起头, 一副跃跃欲试的样子。

我的心猛地一沉, 我们班和六班的战火就此点燃。

2.两个班级的战争与情侣衫有关

爱情这个东西，总是一触即发。两个人不管是通过何种手段联系起来，以后的事情就会一发而不可收。

就像六班的那个男生何毅，自从李薇拉制伏他们班的女生后，就开始对李薇拉展开穷追猛打般的爱情攻势。

每天课间操，何毅都和李薇拉站在一排，做操的时候也总是边做操，边把头扭向李薇拉，叽里咕噜地和她说话。我与李薇拉距离比较远，也不知道何毅到底在说什么，李薇拉只是做操，并不看何毅，只是偶尔笑一笑，很暧昧。谁也不知道李薇拉那笑是对何毅的拒绝还是接受。

李薇拉为什么要这个样子，她到底是怎么了？难道她与何毅一直都心有灵犀吗？

何毅这个家伙为了和李薇拉套近乎，经常有意无意地与李薇拉拉近距离，即使是在排起长龙的食堂，他也不甘示弱，经常挤破脑袋也要夹塞到李薇拉的后面，并夸张地拉长他的橙色上衣，努力营造与李薇拉所穿 T 恤的配套效果。我数次想跑上前揍那个家伙一顿，结果都被单小刀他们拦住了。

单小刀总是在我的耳边说："难道你忘记黎佑了吗？如果他也是个卧底警察，你可不是他的对手哦！"

听到此话，我只好罢手，真不知道李薇拉是怎么想的。他们的表现不仅搞得我一头雾水，也令两个班的学生疑窦丛生。

我们班与六班一直都是水火不相容，两班的学生也老死不相往来，现在突然出了这种事情，真是有点捉摸不透。两个班的学生迅速召开会议，决定将李薇拉与何毅进行"隔离"。

这个词是我从单小刀那里听来的，他又是从六班的几个小女生那里听来的。

据说，六班女生为了不使全班第一帅哥资源何毅外流，决定对其严加管理，何毅在学校里的一举一动都要由本班女生跟随，并要何毅写下了坚决与李薇拉断绝来往的决心书。不仅如此，六班的女生还要求何毅脱掉橙色T恤。对此，何毅坚决不从，无奈之下，那个曾经自称大姐大的女生自己买了一件与何毅相配的橙色情侣衫。不久，六班全体女生都买了那种橙色T恤，把专卖店的老板乐得舌头差点没掉出来，为了保证时间，还特意从厂家订货。六班女生自从穿上了统一的T恤后，变得更加嚣张，见到我们班的女生总是头抬得高高的，个个高傲得像孔雀一样。

而我们班的同学对李薇拉的态度则比较温和，只是调整了一下课间操的队列，把李薇拉换到其他地方，因为大家都不相信李薇拉会喜欢上那个叫何毅的家伙。可是，谁都想不通，他们为什么会穿一样的情侣衫。

为了向李薇拉表达爱意，一天中午，何毅悄悄溜出了班里女生的视线，出了学校，买了一大束玫瑰，准备送给李薇拉。为了不让班里的女生发现，他还用报纸精心制作了一个袋子，把玫瑰花藏在了里面，之后，悄悄地潜回学校。他经过自己的班级时，透过玻璃向里面望了望，没有发现什么异常情况，就放心地径直走向我们班。他轻轻地敲了三下我们班的门，正翘首往里面张望着时，门开了，他看也不看开门的人是谁，就说："我找李薇拉！"

开门的人冷冷地说："这是上课时间。你是哪个班的？"

何毅这才抬起头，原来给他开门的竟然是政教处的副主任，顿时傻了眼，呆住了。

这时，不知哪个女生尖叫了一声："老师，有危险！"

老师吓得一激灵，忙往后退了一步。这时，何毅的身体已经完全暴露在了我们全班同学的面前，不知道谁喊了一句："打！"

于是，无数苹果皮、瓜子皮、粉笔灰炸药包、半截口红、西红柿、鸡蛋一齐雨点般砸向了何毅。

顿时，何毅的橙色 T 恤衫就变得花花绿绿，面目全非了，整个人像刚从垃圾堆里爬出来一样。他踉跄几下，之后一屁股坐在了地上，手中的鲜花也散落一地……

班里的女生看到玫瑰花，个个激动得两眼放光，从座位上跳起来，一哄而上，何毅辛辛苦苦给李薇拉买的花就这样成了女生们的战利品。

女生们拿到花，个个眉开眼笑，何毅却坐在地上拉长了脸："我千辛万苦买来的花啊！"

我们男生坐在座位上笑作一团。这时，六班的女生们赶到，她们看到何毅被我们折磨成这副德行，个个气得杏眼圆睁，正要发作，却看到了青松一样立于讲台上的政教处副主任，又马上露出笑容。她们像拖一条死狗一样把何毅同学拖了回去，她们心中的偶像被我们摧残成这样，真是她们的耻辱。

　　班里的同学哄笑一团，李薇拉却没有露出一丝笑容，她失望地摇摇头："看来他明天是穿不了情侣衫了。"

　　没想到，第二天何毅又穿着情侣衫上学了，不同的是，他见到我们班的女生就像见到瘟神一样，躲得远远的。

　　何毅不脱橙色 T 恤衫，难道真是李薇拉送给他的？如果不是李薇拉送的，那么李薇拉为什么只买了一件呢？

3.谁在"炒作"情侣衫事件

我突然冒出一个想法：我也可以买件橙色情侣衫呀！他可以穿，为什么我不可以呢？

于是，这天中午我就转悠到了街上，去寻找卖橙色情侣衫的专卖店。

熙熙攘攘的大街上，人来人往，我突然感觉很孤独，很难受，一种忐忑不安的情绪正慢慢将我缠绕。我站在一家音像店旁，耳边响起了一首歌，电影《那些年，我们一起追的女孩》主题曲——《那些年》：

好想再回到那些年的时候／回到教室座位前后／故意讨你温柔的骂／黑板上排列组合／你舍得解开吗／谁与谁坐他又爱著她／那些年错过的大雨／那些年错过的爱情／好想拥抱你 拥抱错过的勇气／曾经想征服全世界／到最后回首才发现／这世界滴滴点点全部都是你／那些年错过的大雨／那些年错过的爱情／好想告诉你／告诉你我没有忘记／那天晚上满天星星／平行时空下的约定／再一次相遇我会紧紧抱著你／紧紧抱著你……

我突然有种预感，李薇拉也许会从我的生活中消失！

想到这里，我下意识地停下脚步，抬起头，看到了专卖店的橱窗里挂着两件橙色情侣衫。

我刚迈上台阶，有人突然拉住了我的手臂："哥！你也逛街啊？"

我转过身，发现拉住我的人竟然是妹妹宁小错。

"小错？今天下午没有课啊？"

"没有啊，所以出来逛逛！"

"哦，不会是出来买情侣衫吧？是不是又有小男生追了？"

"没有啦，哥哥，我向你保证过的，不上大学不谈恋爱的。我只是感觉橙色情侣衫很漂亮，就想买一件，上次，我陪薇拉姐姐买过的。"

"啊？李薇拉买情侣衫的时候你在场？她当时买了几件？"

"两件啊！应该是送给男朋友的吧！"

"哦，原来是这个样子。"我说。

宁小错又说了几句之后就走掉了，我收回了迈上台阶的脚步。因为我知道自己不需要再买那件情侣衫了，即使是我穿上它，李薇拉也不会再看了，她的眼里只有那个叫何毅的男生。

我大步离开了专卖店，刚走出没几步，就感觉身边走过一个很眼熟的女孩。我下意识地回过头看，果真有一个穿着橙色情侣衫的女孩走进了专卖店。从她的背影我可以认出，她是六班的生活委员，一个默不作声、十分乖巧的小女孩。

我想这个女孩应该也是来买情侣衫的吧？但是她自己身上已经穿了一件，为什么还要买呢？

第二天，我发现班里有数个男生也穿上了橙色情侣衫，就连单小刀这个家伙也不例外，我知道他不会只买一件："买了两件吧？另一件是不是在阳阳那里？"

"是啊，我是昨天下午买完以后，给她送去的，当时她正好下课。"

"她的老师对她还好吧？有没有找她的麻烦？"

"当然没有了，没有人知道她和我的事。不过，有一件事我感觉很奇怪哦，她们学校里竟然也有人穿这种橙色情侣衫啊！"

"这有什么奇怪的？也许今年流行这个吧？"

"据我所知，原因不是这个。好像有人说某某男明星和某某女明星曾穿过这种款式的情侣衫，所以大家纷纷效仿。"

"没有这么简单吧？"

"还有，你知道最近学校里的学生都爱议论什么吗？"

"什么？不会是关于情侣衫的事吧？"

"就是这个，特别是关于李薇拉和那个叫何毅的男生。传言说那件情侣衫是何毅送给李薇拉的，还有就是李薇拉和何毅正在恋爱，而那个叫何毅的男生希望通过李薇拉获得进入优等班的资格，也就是进我们班的资格。"

"怎么可能？据我所知，那件情侣衫是李薇拉自己买的，怎么又成了何毅？"

"不仅如此，还有一些女生纷纷借题发挥，吹嘘李薇拉与何毅的情侣衫是多么相配，是时下最好看的情侣装，鼓动女生去买橙色情侣衫。大多数女生都是爱赶潮流又盲目的，看到别人穿什么，自己就要买一件，你试想一下，如果身边所有的男生都穿同一款式的衣服，你能不考虑也为自己买一件吗？"

"好像事情有点复杂哦。"

"你知道吗？有一天，李薇拉走在操场上，恰好碰到何毅，他们两个人刚擦肩而过，就有一大群女生围了上来，对他们的衣服指指点点，还问李薇拉的衣服在哪儿买的，那场面别提多有趣了。他们两个人就像商店里的两个塑料模特，被那些女生拉扯着衣服。"

"事情是有点不妙，如果全校所有的女生都去买这种橙色情侣衫，那么最大的受益者不就是商家吗？那些人故意'炒作'这件事，会不会是一种商业行为？"

"现在还很难说，毕竟这只是我们的猜测。"

我和单小刀说话的时候，正走在放学的路上，转过一条街，正好碰到了背着书包准备回家的李薇拉。

李薇拉今天穿的是一件白色 T 恤，站在一家超市的门口，面对着超市里面张着嘴，好像在和谁说话。由于那个人的身子被超市的门挡住了，我们只能看到一双白色的运动鞋。

为了看得更清楚，我和单小刀又向前走了几步。这时，我看到李薇拉的脸通红，好像很生气的样子，抬起一条腿就向对面的人踢去，那人疼得叫了两声。李薇拉踢完那人后就跑开了，正好从我们身边经过，她斜眼看了看我，说："有什么好看的？宁不悔，还愣着干什么，今天不送我回家了？"

"啊？送啊！"我这才看清超市里的那个家伙竟然是何毅。

单小刀见李薇拉和我走在一起，他就独自回家了。

天色还早，我和李薇拉在街边的小花园坐了一会儿，两个人都不说话。就这样，半个小时很快就过去了。

我对李薇拉说："干吗踢人家那么狠？不管怎么说，他也是你的男朋友啊！"

"你有病啊？是不是也想找打啊？"李薇拉抬起腿，准备踢我。我立马躲开。

她低着头，不看我，大步走了出去。我追上她，发现她哭了。我问她怎么了，她不说。过了两条街，她说带我去个地方。

我跟着她，不一会儿我们就来到了那家卖橙色 T 恤的专卖店。

刚走到门口，我又看到了六班的生活委员，她刚从专卖店出来。她怎么会又来这里了呢？

李薇拉说："我感觉这个女生有问题，我们进去看看。"

我们两个人装作买情侣衫的样子走进去，服务生对我们很热情。李薇拉把一个女服务生叫到专卖店一角，说："我是 XX（那个生活委员）的朋友，我们班女生都很喜欢这套情侣装，想买个十套八套的，可不可以打折？"

"她不是刚走吗？你让她陪你来不就行了？"女服务生说。

"她说有事，先走了。"

"这个嘛……打折？不知道她爸爸是否同意？"

"她爸爸是谁？"

"这里的老板啊！"女服务生说完后就要去找老板。

我和李薇拉乘机溜了出来，之后，在街上一路疯跑。

原来这一切都是那个女生所为，那些传言应该也是她传播的。

4.情侣衫背后的爱情真相

李薇拉把近些天关于"情侣衫"事件的所见所闻及六班女生是专卖店老板女儿的事向全班同学介绍后,大家既气愤又吃惊。李薇拉提出,这种暗箱操作的"流行"必须马上停止,否则,这种盲目的跟风必将影响学业,造成不良后果。

同学们都很赞成她的意见,于是,就是让橙色情侣衫首先从我们班里彻底消失。第二天,李薇拉首先换掉了情侣衫,其他已经买了情侣衫的同学也换上了便装。同时,我们还发动班里几个与六班学生很熟的同学向六班学生说明真相,并鼓动她们脱下情侣衫,拒绝这种盲目的跟风行为。

为了达到目的,我们班还特意挑选了几名具有"特殊身份"的男生,说到"特殊身份"是指这几个男生都被六班的一些女生暗恋着,让他们出马,那些女生肯定会立马搞定。这个主意是李薇拉想出来的。我去游说班里的几个男生,他们听到我的想法后,都很同意去做这件好事……

我们这招果然灵验,没过几天,六班穿橙色情侣装的学生数量锐减,与此同时,我们班同学还在学校里散布说那种橙色情侣衫的质量是多么多么不好。

说到这里，必须要提一件非常有趣的事。

一天，我和单小刀在走廊里装打架，引起整个楼层的学生竞相观看，其中，以六班的学生居多。我和单小刀站在走廊里，我手里拿着一件橙色情侣衫，装作非常气愤的样子对单小刀说："你替我买的这件情侣衫是假冒伪劣产品。你看看，一点都不结实！！"

我说着，就用手去扯那件情侣衫。单小刀很气愤地阻止我："情侣衫是在专卖店买的，怎么会是假冒的，你找茬啊？既然买了你想要也得要，不想要也得要。"

"不行，你必须给我退掉，这是假的，一点都不结实！"我说着就开始拉扯情侣衫。我轻轻地一用力，情侣衫就裂开了一条大口子。

在场围观的学生看着那条大口子眼睛都直了，观看热闹的人群里议论纷纷。

"真没想到情侣衫竟然这么不结实啊！"

"是啊，质量这么差，价钱还那么高。"

"昨天我刚买了一件，回家后我可得好好检查一下哦！"

……

见我们的行动取得了一定效果，我和单小刀的情绪变得更为激动，表演吵架的样子也越来越逼真。

不一会儿，我和他就大吵起来，我说："这么破的衣服，你要还我钱，把衣服退了。"

"既然买了，怎么能随便退？爱穿不穿！"单小刀说。

"不行，价钱这么高，你一定是贪污我的钱了。快还钱！"说着，我就和单小刀抱在了一起，假装扭打起来。

在我们扭打的过程中，单小刀一直往楼外跑。此时，外面正在下雨。

来到操场，我们两个人就开始撕扯起这件可怜的情侣衫来，之后，两个人又抱作一团。

围观的人越来越多，班里的同学开始假装劝架，但我和单小刀始终扭打在一起，我们两个人的身体中间夹着那件情侣衫。后来，同学们终于把我们两个人分开了。

当在场的男女生看到我们两个人的上衣时，都不禁发出一阵强烈的嘘声，因为他们看到我和单小刀的衣服都被染成了橙色。在场的人都明白了这种情侣衫的质量确实不咋的，而且还容易掉色……

第二天，六班生活委员家的专卖店一大早就排起了长龙，数十名学生手里拿着橙色情侣衫准备退货，把那个老板急得团团转，双手不住地用手帕擦拭他前额的汗水……当时，我和李薇拉也在人群里，不同的是，我们两个不是来退情侣衫，而是来看热闹的。

我和李薇拉在长龙中间站着，我突然想起一件事来，觉得应该到问她的时候了。

"你应该去通知一下何毅啊！告诉他把你送给他的情侣衫退掉哎！"

"用你管，别再向我提何毅，否则，小心我扁你！"李薇拉用她的小拳头轻轻地敲了一下我的肚子，又用两只漂亮的大眼睛狠狠地瞪了我一下。

我不说话，只好和她继续在长龙中看热闹。就在我们四下张望时，我突然看到六班的那个生活委员站在大街上，她望了一会儿专卖店前的长龙，之后，悄悄地走掉了。

她刚离开，那个叫何毅的男生就紧随其后……

李薇拉也看到了这一幕，她好像非常感兴趣，拉着我就跟了上去。

我们跟着何毅只走过一条街，就看到何毅停下了，再一看，六班的生活委员正好站在何毅的面前。两个人说了几句话之后，那个女生突然哭了起来，并且以百米冲刺的速度抱住了何毅。他们两个人站在一车站的站牌下，站牌上是一条醒目的广告：你尝过清嘴的味道吗？

"何毅是那个女生的男朋友！他们是情侣。"李薇拉静静地说。

"啊？他有女朋友怎么还追你啊？真是个混蛋！"我说。

说完这话，我感觉耳朵一阵火辣辣的疼痛，原来是李薇拉在掐我的耳朵。

"快放开我！"

"以后不许再说脏话！"李薇拉收回手，暂时饶恕了我的耳朵，"他们是最近才开始的，之前那个女生一直暗恋何毅，但是何毅不知道。尽管那个女生为他做了很多事，但他始终无动于衷，直到最近事情才发生了变化。"

"哦？发生了什么变化？"

"你还记得那天我在超市门口踢何毅吧！那一幕不仅被你看到了，也被六班的那个女生看到了。据说，他们两个就是从那个时候开始的。当一个男生被女生拒绝的时候，内心一般都是比较不舒服的，如果恰巧在这时，男生的生活中出现了另一个默默爱着、关心着他的女孩，那么他就很可能接受这个女生的爱，懂了吗？"李薇拉站在喧闹的大街上对我说。

我笑了笑，此时，我惊奇地发现，我站立的位置和那天准备买情侣衫的位置是相同的。旁边依然是那家音像店，四周依然是喧闹的大街，而我的心情却突然变得豁然开朗。

"哦，原来是这个样子。那么，何毅身上的情侣衫到底是不是你买的呀？"

"你个大笨蛋，当然不是了。他身上那件是六班的那个女生给他买的。"

"既然不是你买的，为什么你还依然穿着橙色情侣衫不换，给人家造成你喜欢他的错觉？"我说。

"你知道我是一个要强的人，刚开始几天，觉得比较好玩，后来发现事情变得很反常，怎么会有那么多女生都买橙色情侣衫啊？我就发现有问题。之后，有一天我问何毅为什么和我穿一样的情侣衫，他说是六班的那个生活委员买的。于是，我才知道这么多。"

"那个女生为了促销自家专卖店的产品，开始到处散播谣言，编造你和何毅恋爱的事。你是校长女儿，所以女生都比较关注你，看你穿什么，她们就纷纷效仿，对不对？"

"只对了一半，不是效仿，准确地说是攀比。你们男生感觉不到，因为你们不注意这些。在女生中，这种你有什么我就要有什么，你穿什么名牌我就要穿什么名牌，而且样样都要比你好的观念极为严重，所以才造成橙色情侣衫的泛滥！"

"聪明！如果能永远和你同桌，那将是世界上最幸福的事情哦！"我陶醉地说。

"呵呵，是啊，我也这么认为，只怕我不会永远和你同桌。"李薇拉淡淡地说，眼睛望着天。

"为什么？"我很惊讶。

"因为我要转学了，就在下个星期。"李薇拉虽然把头仰得很高，闭着眼睛，但依然阻止不了她的眼泪。

5.一件情侣衫的爱情约定

你在纽约,我在北京,漫长的离别里,我只做一件事,专职爱你。如果爱情能成为职业该有多好,我永远都不会早退,也永远不会转行,任期就是这一辈子,世界上最幸福的工作,就是做你的专职爱人。——《北京爱情故事》

李薇拉的话是真的,她真的要转学了,这也是她一直以来无法说出口的心事。

她转学的原因非常简单:他的爸爸为她找了一所更好的学校,是省重点高中,位于市郊,跟我们学校有一个小时的路程。

刚开始,我听到她和我说转学的时候,以为她在骗我,和我开玩笑。但她随之而来的眼泪无情地摧毁了我的侥幸心理,她的忧伤无法隐藏。看着她的眼睛,我可以感受到她内心的不舍和感伤。

我们两个站在喧闹的大街上,慢慢地,她移动脚步走向我。我目不转睛地望着她,心猛地一抽,感觉有一股湿湿的东西正从心底奔向我的双眼,是眼泪吗?

这就是离别吗?

这么令人猝不及防,以迅雷不及掩耳之势扑面而来,

我又想起了那首她最喜欢的《嘀嗒》:

嘀嗒嘀嗒嘀嗒嘀嗒／寂寞的夜和谁说话／嘀嗒嘀嗒嘀嗒嘀嗒／伤心的泪儿谁来擦／嘀嗒嘀嗒嘀嗒嘀嗒／整理好心情再出发／嘀嗒嘀嗒嘀嗒嘀嗒／还会有人把你牵挂……

她突然张开双臂抱住了我，她的脸埋在我的肩头，她在哭，轻轻地……

她的眼泪是湿湿的、滑滑的，我的耳朵突然有种湿润的感觉。

我知道，有一滴眼泪流入了我的耳朵……

"宁不悔，你知道吗？"李薇拉在我的耳边轻轻地说。

"我知道。"

"你知道什么？"

"我什么都知道。"

"你骗人，我没有说你怎么就会知道？你这个大笨蛋！"

"我不知道。你告诉我吧！好吗？"

"好啊。我爱你，宁不悔，很爱很爱！"

"我也爱你，李薇拉，很爱很爱！"我一直以为李薇拉不爱我，不在乎我，即使这只是个猜测，即使我知道那是错的，但我却依然坚持着，因为我没有得到她真正的答复，我是不会相信一切都是真的。

李薇拉看着我，笑了笑，之后打开书包，从里面拿出了一件橙色情侣衫。

"送给你！我买了两件，这一件应该属于你！"李薇拉说。

"谢谢，我会珍藏一辈子的。"我说。

"怎么会是珍藏呢？你应该留着它，好好地保管起来，直到我们再次相见。"

"这是我们最后一次见面吗？"我说。

195

"是的，明天我就要去新学校报到了。"李薇拉低下头。

"哦，我会好好保管起来的。"

"等我们考上大学，三年后的夏天，你愿意穿这件情侣衫来见我吗?"她笑了笑。

"愿意，你可以做到吗?"

"当然可以。"李薇拉深情地望着我。

"真的?"

"真的!"李薇拉很肯定。

"那就好。"我说。

"怎么，不相信我吗?"她说着，又伸出手掐住了我的耳朵。

"相信，因为我们是最好的同桌，最好的朋友，最好的拍档，最好的伙伴，最好的……"

"最后一个最好的是什么?"

"这个，你知道……"我说。

"好的，我们三年后就是最后一个最好的。"

"永远!"

"永远，我们都是最好的!"她伸出三根手指，温情地望着我。

我低下头，看到地面上映着我们两个斜斜的影子，很近，很近，大概有三厘米。

我也伸出三根手指，她点点头，没有说话。

一缕阳光从她眼角穿过，一个细小晶莹的星子被吹了起来，闪了一下，就消失了。

我们两个人都笑了，是自信的笑，勇敢的笑，执著而坚强的笑，代表着真爱和幸福。

图书在版编目（CIP）数据

爱情离我三厘米 / 鲁奇著.—太原：北岳文艺出
版社，2012.8
（校园幽默丛书）
ISBN 978-7-5378-3731-6

Ⅰ.①爱… Ⅱ.①鲁… Ⅲ.①长篇小说–中国–当代
Ⅳ.①I247.5

中国版本图书馆CIP数据核字（2012）第152189号

书　　名　爱情离我三厘米
著　　者　鲁　奇
责任编辑　刘文飞
封面设计　培捷文化

出版发行　山西出版传媒集团·北岳文艺出版社
地　　址　山西省太原市并州南路57号
邮　　编　030012
电　　话　0351-5628696（营销部）
　　　　　010-58200905 转 801（北京中心发行部）
　　　　　0351-5628688（总编办）
传　　真　0351-5628680　010-58200905 转 802
网　　址　http://www.bywy.com
E-mail　bywycbs@163.com
印刷装订　北京天宇万达印刷有限公司

开　　本　700mm×960mm　1/16
字　　数　156千字
印　　张　13.5
印　　数　7000册
版　　次　2012年8月第1版
印　　次　2012年8月第1次印刷
书　　号　ISBN 978-7-5378-3731-6
定　　价　25.00元

本书如有印装质量问题　由承印厂负责调换